रंजन बंद्योपाध्याय

महत्त्वपूर्ण बांग्ला उपन्यासकार रंजन बंद्योपाध्याय का जन्म 15 सितम्बर, 1941 को हुआ। कोलकाता के स्कॉटिश चर्च कॉलेज में अंग्रेज़ी भाषा और साहित्य के व्याख्याता के रूप में उन्होंने अपने पेशेवर जीवन की शुरुआत की। सोलह साल तक अध्यापन करने के बाद 1980 के दशक में पत्रकारिता के क्षेत्र में कदम रखा और 'आजकल' अखबार में सह-सम्पादक बने। इसके बाद 'आनन्द बाजार' और 'संवाद प्रतिदिन' में भी सह-सम्पादक रहे। उनकी प्रमुख कृतियाँ हैं—'कादम्बरी देवीर सुसाइड-नोट', 'आमि रवि ठाकुरेर बोउ', 'पुरोनो सेई पूजोर कथा', 'रवि ओ रानूर आदरेर दाग', 'प्राणसखा विवेकानन्द', 'प्लाता नदीर धारे', 'रस', 'मणिकांचन', 'म प्रियोतमासु', 'नष्ट पुरुष शरतचन्द्र' आदि।

शुभ्रा उपाध्याय

हिन्दी-बांग्ला की सुपरिचित लेखक और अनुवादक शुभ्रा उपाध्याय का जन्म 19 फरवरी, 1970 को हुआ। उन्होंने कलकत्ता विश्वविद्यालय से एम.ए., पी-एच.डी. की डिग्री ली है। उनकी प्रकाशित कृतियाँ हैं—'अन्तराल', 'कतरा-कतरा जिन्दगी' (कहानी-संग्रह); 'समानान्तर चलती एक लड़की' (कविता-संगह); 'अज्ञेय की कहानियों का पुनर्पाठ', 'अपने-अपने अज्ञेय' (सम्पादित)।

सम्प्रति : वे खुदीराम बोस सेंट्रल कॉलेज, कोलकाता में एसोसिएट प्रोफेसर हैं।

ई-मेल : dr.shubhra95@gmail.com

मैं रवीन्द्रनाथ की पत्नी

मृणालिनी की गोपन आत्मकथा

रंजन बंद्योपाध्याय

अनुवाद

शुभ्रा उपाध्याय

राजकमल पेपरबैक्स

मूल बांग्ला कृति 'आमि रवि ठाकुरेर बोउ : मृणालिनीर लुकोनो आत्मकथा' का हिन्दी अनुवाद

राजकमल पेपरबैक्स में
पहला संस्करण : 2022
दूसरा संस्करण : 2025

राजकमल पेपरबैक्स : उत्कृष्ट साहित्य के जनसुलभ संस्करण

राजकमल प्रकाशन प्रा. लि.
1-बी, नेताजी सुभाष मार्ग, दरियागंज
नई दिल्ली-110 002
द्वारा प्रकाशित

शाखाएँ : अशोक राजपथ, साइंस कॉलेज के सामने, पटना-800 006
पहली मंजिल, दरबारी बिल्डिंग, महात्मा गांधी मार्ग, प्रयागराज-211 001
1, अनमोल सोराबजी संतुक लेन, धोबी तलाव, मरीन लाइंस, मुम्बई-400 002
वेबसाइट : www.rajkamalprakashan.com
ई-मेल : info@rajkamalprakashan.com

बी. के. ऑफसेट
नवीन शाहदरा, दिल्ली-110 032
द्वारा मुद्रित

मूल्य : ₹ 199

MAIN RAVINDRA NATH KI PATNI
Novel by Ranjan Bandyopadhyay
Translated by Shubhra Upadhyaya

ISBN : 978-93-94902-19-0

प्रिय बन्धु
श्री त्रिदिबकुमार चट्टोपाध्याय
और
श्रीमती चुमकि चट्टोपाध्याय को

परिचय

रवीन्द्रनाथ की पत्नी मृणालिनी का एक ही परिचय है—

वे रवीन्द्रनाथ की सहधर्मिणी हैं। और सहकर्मिणी भी।

उनका जैसे और कोई परिचय ही नहीं है।

इस नारी का जीवन सिर्फ अट्ठाइस वर्ष का था।

उन्नीस वर्ष उन्होंने रवीन्द्रनाथ की पत्नी के रूप में व्यतीत किया था।

मृणालिनी के जीवन पर असंख्य पुस्तकों और लेखों की रचना हो चुकी है।

कैसा था मृणालिनी के जीवन का आन्तरिक संसार?

रवि ठाकुर की पत्नी होने का 'मामला' वास्तव में कैसा था?

मृणालिनी के प्रसंग में किसी भी पुस्तक या निबन्ध

में इस अन्तर्खोज की कोई चर्चा नहीं है।

मृणालिनी के दाम्पत्य जीवन के दुर्भेद्य प्राचीर में आज तक किसी भू-मर्मज्ञ की खोजी दृष्टि नहीं पहुँच पाई है।

रवीन्द्रनाथ की चिट्ठियों के प्रत्युत्तर में निश्चय ही मृणालिनी ने भी बहुत सारे पत्र लिखे होंगे।

उन सब पत्रों में उनकी नितान्त व्यक्तिगत वेदना विदीर्ण बातें भी अवश्य होंगी।

एक भी लेकिन पत्र प्राप्त नहीं है।

रवीन्द्रनाथ की कुशल निगरानी में वे सभी उच्छ्वासमय, असहाय चिट्ठियाँ लुप्त हो गईं।

मृणालिनी यदि अपनी आत्मकथा लिखतीं?

उस अनकही आत्मकथा का विलोपन भी अवश्य ही घटित होता।

ऐसा ही घटित नहीं हुआ है, यह बात भी कैसे कही जाए?

मृणालिनी अपनी गोपन आत्मकथा में क्या लिखतीं?

इस उपन्यास में वही सोचने की कोशिश की गई है।

मंगलवार, 5 नवम्बर, 2013

—रंजन बंद्योपाध्याय

मृणालिनी

1886 से 1896।

इन दस वर्षों में मुझे आपके रवि ठाकुर ने पाँच बेटी-बेटे दिए।

प्रसूतिगृह से तो मैं जैसे बाहर निकल ही नहीं पाई।

मेरे साथ रवि ठाकुर का विवाह सन् 1290 अगहन महीने की 24 तारीख को हुआ। बहुत बाद में उनसे ही जाना कि अंग्रेजी कैलेंडर के अनुसार वह तारीख थी 9 दिसम्बर, 1883।

मेरी उम्र उस समय नौ वर्ष नौ महीने थी।

और आपके रवीन्द्रनाथ·कितने सुन्दर दिखते थे! तेईस वर्षीय युवक! मेरी पहली सन्तान कन्या। बेला। मैं ग्यारह वर्ष कुछ महीने की ही थी जब वह मेरे पेट में आई।

पहली बार माँ बनकर पुत्री का मुँह बारह वर्ष की उम्र में देखा। यही थी शुरुआत।

मेरा बड़ा बेटा रथी, अगले ही साल पेट में आ गया। दिसम्बर 1888 में पैदा हुआ।

इसके बाद मेरी सँझली बेटी, मेरी तीसरी सन्तान रेनुका का जन्म हुआ।

तारीखें सब गड्डमड्ड हो जा रही हैं। जहाँ तक याद है, रेनुका या रानी का जन्मदिन 1891 की 23 जनवरी को है।

देखो भाई, आपके रवि ठाकुर की तरह मैं लेखक नहीं हूँ। सजा-सँवारकर नहीं लिख पाती।

बेला, जिसका अच्छा नाम माधुरीलता है उसके जन्मदिन और रथी के जन्मदिन की बात तो मैंने बताई ही नहीं।

जहाँ तक याद आ रहा है बेला 25 अक्टूबर, 1886 को पैदा हुई थी। याद है, पूजा का महीना था और रथी 27 दिसम्बर को पैदा हुआ था।

शीतकाल, बड़ी भयानक ठंड पड़ी थी उस बार। प्रसूतिगृह में बड़ी तकलीफ हुई थी। शीतकाल में जिनके बच्चे हुए हैं, वही माँएँ मेरी तकलीफ समझ सकती हैं।

रेनुका हुई फिर ठंड के महीने में ही।

ठंड का महीना माने ही जैसे प्रसूतिगृह हो।

शीतकाल आते ही मैं सिहर जाती।

जोड़ासाँको की ठाकुरबाड़ी—कितनी सुन्दर बाड़ी है ना! किन्तु उसी बाड़ी का प्रसूतिगृह यदि आप देखते तो समझते कि मैं ऐसा क्यों कह रही हूँ।

शीतकाल में वह कक्ष पूरी बाड़ी का सबसे ठंडा और

अँधेरा कक्ष होता था। धूप की परछाईं भी न पड़ती थी वहाँ।

मेरी छोटी बेटी मीरा। उसका एक सुन्दर नाम भी है—'अतसीलता' उसने भी मुझे मुक्ति न दी।

वह भी पैदा हुई उसी शीतकाल में।

यदि तारीखों में कुछ हेरफेर हो तो मुझे क्षमा करिएगा।

इतने सारे जन्मदिन हैं ना। मीरा का जन्म हुआ 12 जनवरी, 1894 को।

उन्होंने हँसकर कहा था, 'मेरा कनिष्ठ शावक।'

'हमारा' क्यों नहीं कहा?

मेरी आँखें डबडबा आई थीं।

1896 में मेरा छोटा बेटा आया। मेरी पाँचवीं सन्तान। शमी।

शमीन्द्रनाथ ठाकुर। देखने में हूबहू उनकी तरह।

निश्चित ही वह शीतकाल में नहीं पैदा हुआ होगा।

आप लोग यही सोच रहे हैं ना?

शमी भी शीत में ही आया।

12 दिसम्बर को।

मेरी पाँच सन्तानों में से चार शीतकाल में ही जन्मे।

और बेला यानी माधुरीलता, वह शरतकाल में पैदा हुई।

कितना अद्भुत संयोग, उसके पति का नाम भी शरत! उनसे एक दिन मजाक में ही कहा था, 'देखो ना, बेली के साथ शरत का संयोग उसके जन्म से ही है।'

वे जरा सा मुस्कुराए भी नहीं।

और मुझे कितनी बार कहा है कि मुझमें किसी प्रकार का 'रस-बोध' नहीं है।

जिन लड़कियों का साथ उन्हें पसन्द है, जिनकी बातें सुनना, जिनके साथ बातें करना, जिनको चिट्ठियाँ लिखना उन्हें अच्छा लगता है, मैं उनमें से नहीं हूँ। इसकी एक ही वजह है; मैं उनकी तरह पढ़ी-लिखी नहीं हूँ। अस्तु बोध-बुद्धि की चमक भी नहीं है।

मेरे मझले जेठ सत्येन ठाकुर की पुत्री इन्दिरा मुझसे कुछ ही महीनों छोटी है। उनके साथ आपके रवि ठाकुर की खूब पटती है। इन्होंने न जाने कितनी चिट्ठियाँ उन्हें लिखी हैं।

और वे सब कितनी लम्बी-लम्बी चिट्ठियाँ हैं! चिट्ठी थोड़े ही हैं; वह तो मन की बातें हैं। न जाने कितनी भावनाएँ। जिन्हें कभी भी मेरे साथ नहीं बाँटा।

इन्दिरा उनकी भतीजी हैं, यह बात वे भूल जाते हैं।

लगता है जैसे इन्दिरा उनकी मित्र हैं। मन का मीत।

दूसरों की चिट्ठियाँ नहीं पढ़ते। फिर भी इन्दिरा को लिखी उनकी कुछ चिट्ठियों को बिना पढ़े मुझसे रहा नहीं गया। सब कुछ मैं समझ ही गई, ऐसा नहीं है।

तब भी एक बात भलीभाँति समझ गई।

इन्दिरा के साथ वे हृदय की बातें कर पाते हैं।

बिना किसी रोक-टोक के। सारी बातें।

क्योंकि वे जानते हैं कि इन्दिरा समझ सकेगी।

मेरे साथ मन की बातें नहीं करते।

मैं समझ जो नहीं पाऊँगी, इसे वे खूब अच्छी तरह जानते हैं।

मुझे याद है बीबी की, यानी इन्दिरा की, उनका पुकारने का नाम बीबी है। वे बिलकुल 'मेम साहिबा-मेम साहिबा' जैसी, काफी दिन तो विलायत में रहीं। तभी शायद उनका पुकारने का नाम 'बीबी' पड़ा। अंग्रेजी में बातें कर पाती हैं। इतना ही नहीं, फारसी में भी बातें कर सकती हैं। उसे एक पत्र में इन्होंने लिखा है जो मुझे स्पष्ट याद है—

'तुमको मैंने जितनी भी चिट्ठियाँ लिखी हैं उनमें मेरे मन के सारे विचित्र भाव जैसे व्यक्त हुए हैं वैसे और मेरी किसी भी रचना में नहीं हुए।...तुम्हें सम्बोधित कर जब भी मैं लिखता हूँ, तब यह बात मेरे मन में कभी भी उदित नहीं होती कि तुम मेरी कोई बात समझ नहीं पाओगी। अथवा गलत समझोगी, अथवा विश्वास नहीं करोगी; याकि जो बातें मेरे लिए गम्भीरतम सत्य के रूप में हैं, उन्हें तुम केवलमात्र सुरचित काव्य-कथा के रूप में लोगी।'

ये सब हूबहू उनकी ही बातें हैं।

और किसी की हो भी कैसे सकती हैं?

इस तरह और कौन लिख सकता है?

इतना सुन्दर लगा था कि कई बार पढ़ा।

इसी से भूली नहीं हूँ।

एक दिन मैंने कहा, 'बीबी के साथ जैसी मन की बातें करते हो, मेरे साथ क्यों नहीं करते?'

कह तो दिया, फिर लगा इस्स! क्यों कहा? खुद को बहुत

छोटा महसूस हो रहा था। और बड़ी शर्म आई। और थोड़ा डर भी लगने लगा।

वे नाराज तो नहीं हो जाएँगे?

नाराजगी तो वे व्यक्त ही नहीं करते। सिर्फ गम्भीर हो जाते हैं। वे लेकिन जरा सा मुस्कुराए।

मैंने देखा—जरा सी मुस्कान अधरों के बीच विस्तारित होते ही उनकी बड़ी-बड़ी दोनों आँखों में गहरी वेदना के भाव झिलमिलाने लगे।

मृदुभाव से उन्होंने कहा, 'तुम्हारे साथ मन की बातें कितनी ही बार तो की हैं। बातें करते हुए मैं मन की ही बातें तो करता हूँ।'

'कहाँ करते हो? खाली घर-परिवार और जरूरतों की ही बातें तो करते हो!'

फिर उनके मुख पर मुस्कान खिल उठी। कितने सुन्दर काव्यमय तरीके से उन्होंने कहा—

तुम मुझे समझ नहीं पाते?
गोपन मैंने कुछ न किया है।
जो कुछ है, वह सब कुछ ही है—
तेरी इन आँखों के आगे
फैले-बिखरे, उलझे-सुलझे,
सारे मेरे मन के धागे!

मैंने कहा, 'तुम मेरे इतने अपने हो, तुम्हारे साथ ही तो इतने वर्षों से गृहस्थी बसाई है, फिर भी तुम्हारे मन को, न जाने

क्यूँ मैं समझ नहीं पाई। दूसरों को तो समझ लेती हूँ, सिर्फ तुम्हें ही समझ नहीं पाती।'

इस बार भी वे जरा सा हँसे, लेकिन इतना मैंने जरूर महसूस किया कि उस हँसी में भी कहीं कोई व्यथा है, ठीक व्यथा ही नहीं, मान। फिर उन्होंने काव्यमय जवाब दिया, कुछ इस तरह—

हे सखी, वह हृदय सारा।
ओर-छोर-हीन राज्य यह रानी!
है यह तुम्हारी ही राजधानी।

और भी न जाने कितना कुछ कह रहे थे—'कहाँ जल, कहाँ किनारा। जाए भटक दिशाहारा।' ऐसे ही कुछ।

मैंने कहा, 'कविता कहो या जो भी कहो, तुम्हारे साथ इतने वर्षों रही, तुम्हारे सन्तानों की माँ बनी, तुम्हारी गृहस्थी खींचा, किन्तु तुम्हें पाया कितना? दूसरे तुम्हें बहुत ज्यादा पाते हैं। लेकिन मुझे कितना मिला है, बोलो? हर समय लगता है जैसे कोई पर्दा है। कितनी भी कोशिश करूँ पर्दे के उस पार नहीं जा पाती।'

मेरी बातें सुन वे हो...हो...कर हँस उठे।

यह हँसी-खुशी की बिलकुल न थी।

मुझे बड़ी लज्जा का अनुभव हुआ।

वे मेरी आँखों में देखकर फिर कविता जैसा कुछ कहने लगे—

समझ न पाए तुम भी मुझको,
सभी समझते आधे-आधे—
आधा प्रेम, आधा मन—

कब किसने पूरा का पूरा
समझा है इस जग में किसको?

मैंने मन-ही-मन कहा—क्यों, तुम्हारी नोतुन बोउठान नहीं समझती थीं? तुम्हारी लाडली भतीजी बीबी नहीं समझ पाती?

किन्तु प्रकटत: ये सब बातें कही जाती हैं क्या?

नि:शब्द विलाप का पहाड़ बन छाती पर जमती रहती हैं।

मेरा हृदय जैसे बर्फालय हो।

न जाने कितने विलाप और सन्देह बर्फ होकर वहाँ जमा हैं।

उस समय वे शिलाईदह में थे। कितने महीनों से अपने में मगन वहीं रमे हुए थे।

मैं कलकत्ते में घर-गृहस्थी खींच रही थी।

उनकी चिट्ठियाँ प्राय: रोज ही आतीं।

मुझे नहीं लिखते थे।

लिखते थे बीबी के नाम।

उनको देखने की बड़ी इच्छा होती। मन बड़ा अजीब-सा हो जाता।

कुछ दिनों के लिए बच्चों को लेकर उनके पास गई।

हम लोगों के उस 'जाने' को लेकर उन्होंने बीबी को पत्र लिखा था।

तब मुझे पता न था।

बाद में, एक दिन इन्दिरा ने ही हँसते-हँसते उनकी वह मजेदार चिट्ठी दिखाई थी।

मजेदार चिट्ठी तो थी ही!

हमारे रवि ठाकुर इन्दिरा को बता रहे थे कि शिलाईदह का आकाश, पद्मा की हवाएँ और वहाँ की निर्जनता ने हृदयपुंज की भाँति उन्हें घेरे रखा है। परसों से यह आकाश-वातास और निर्जनता अब और नहीं रह पाएगी। क्योंकि परसों से उनके वहाँ 'जन समागम' हो जाएगा।

जन समागम?

यानी कि मैं और मेरे बच्चे उनके यहाँ अवांछित भीड़ हैं?

हमारे आने से उनका परिचय तक बदल जाएगा?

अपनी ही आँखों पर विश्वास नहीं कर पा रही थी। किन्तु उन्होंने इन्दिरा को सचमुच लिखा था—

उन लोगों के आ जाने पर मैं अमुक का पिता, अमुक का पति श्रीमान अमुक हो जाऊँगा।

सही ही तो है, इस तरह की अवांछित भीड़ के बीच प्राणप्रिय लड़की इन्दिरा को क्या चिट्ठी लिखी जा सकती है?

वे कैसे यह भूल गए कि जिसे अपने मन की बातें बताकर प्राय: रोज ही वे पन्ने-दर-पन्ने चिट्ठियाँ लिखा करते हैं, उस लड़की के वे काका हैं?

केवल हम लोग, पारिवारिक भीड़?

और उनकी प्रिय बीबी?

अच्छी बात है, आपके रवि ठाकुर ने जो कहा है मैं मान लेती हूँ, मुझमें किसी प्रकार का रसबोध नहीं है।

किन्तु जिसमें रसबोध का अभाव होता है, वे लोग हिसाब-किताब में बड़े पक्के होते हैं।

मैंने भी एक हिसाब लगाया है।

1887 से 1895। इन आठ वर्षों में कम से कम दो सौ बावन चिट्ठियाँ लिखी हैं रवि ठाकुर ने अपनी भतीजी इन्दिरा के नाम। और मुझे दी है पन्द्रह चिट्ठी, पाँच सन्तान। ठीक ही किया है। मैं कोई शिकायत नहीं कर रही हूँ।

मुझे यदि दो सौ बावन चिट्ठियाँ लिखते तो मैं बड़ी मुसीबत में पड़ जाती।

आधी चिट्ठियाँ तो मैं समझ ही न पाती।

समझ पाऊँ-न पाऊँ, जवाब तो देना ही होता।

अढ़ाई सौ चिट्ठियाँ पाकर, कम-से-कम पचास के तो जवाब लिखने होते। चिट्ठी लिखना मेरे स्वभाव में नहीं है।

मुझे, उन्होंने जो कुछ चिट्ठियाँ लिखी हैं—उनमें से कितनी चिट्ठियों के जवाब उन्हें प्राप्त हुए हैं?

यह अन्याय मुझसे हुआ है। चिट्ठी लिखने का मन नहीं किया, ऐसा नहीं है। किन्तु जैसे ही ध्यान आता कि मेरे पति रवीन्द्रनाथ ठाकुर हैं, एक पंक्ति लिखने का भी साहस न होता।

यह और बात है कि मुझे उन्होंने जो भी चिट्ठियाँ लिखी हैं, उन्हें पढ़कर ऐसा नहीं लगता कि उन सब चिट्ठियाँ के लेखक स्वयं रवीन्द्रनाथ हैं। कभी-कभी कितने कठोर हो जाते हैं वे।

कहाँ गई उनकी भाषा की जादूगरी? नरम मुलायम भाव?

इन्दिरा को कभी इस तरह की भाषा में उन्होंने चिट्ठी लिखी है?

मेरा क्या सौभाग्य है! मैं रवि ठाकुर की पत्नी हूँ।

मैंने पहचाना है, जाना है एक अलग ही रवीन्द्रनाथ को।

जिस रवीन्द्रनाथ का परिचय पृथ्वी की और किसी नारी को नहीं मिला है।

एक बार उन्हें पत्र लिखा था। जोड़ासाँको की बाड़ी में गाय का थोड़ा अच्छा घी भेजने के लिए।

पत्रोत्तर में उन्होंने साजादपुर से लिखा था—कभी नहीं भूल पाऊँगी उनकी वह चिट्ठी—

अच्छा, मैंने जो तुम्हें इस साजादपुर के समस्त ग्वालों का गृहमन्थन करके उत्कृष्ट नवनीतवाला घृत सेवा हेतु भेजा था, उसके सम्बन्ध में किसी प्रकार का उल्लेख भी नहीं किया, इसकी वजह क्या मैं जान सकता हूँ? मैंने देखा है कि अजस्र उपहार पाते-पाते तुम्हारी कृतज्ञता वृत्ति भी क्रमश: मृतप्राय: होती जा रही है। प्रत्येक महीने नियमित रूप से 15 सेर घी पाना तुम्हारे लिए इतनी ही सहज बात हो गई है गोया विवाह से पहले तुम्हारे साथ मैंने इस तरह का कोई अनुबन्ध कर रखा था। तुम्हारी भोला की माँ जब आजकल बिस्तर पर पड़ी हैं, तब यह घी लग रहा है कि बहुतों के बड़े काम में आ रहा है। अच्छा ही तो है। एक सुविधा भी है; अच्छा घी चुराकर खाने से नौकरों को कोई बीमारी नहीं होगी।

क्या लगा? आपके परिचित रवीन्द्रनाथ? वे इस तरह और ऐसी भंगिमा में बातें कर सकते हैं! विश्वास करने में थोड़ी पीड़ा हो रही है न? मैं माँ के रूप में भी कितनी अयोग्य हूँ, इस बात

को भी एक चिट्ठी में कहने में उन्होंने कोई कसर नहीं छोड़ी।

मैं जस्सोर जिला के फूलतूलि ग्राम की लड़की हूँ।

बांगाल तो हूँ ही। तिस पर मेरे पिता बेनीमाधव जोड़ासाँको की ठाकुरबाड़ी के वित्तीय कर्मचारी।

सच बात कहूँ?

इतना बेमेल विवाह होना उचित नहीं है।

रवीन्द्रनाथ की पत्नी होने लायक कोई योग्यता ही मुझमें नहीं है।

न ही वंशमर्यादा में और न ही शिक्षा-दीक्षा में।

एक चिट्ठी में उनके अन्तर्मन की बातें दिप-दिप करके प्रकट हो गई हैं—एक तो बांगाल। छिः बेटे तक को बांगाल बना दिया रे।

इस तरह, धीरे-धीरे बिलकुल भिन्न एक रवि ठाकुर को मैं जान पाई हूँ। रवि ठाकुर की पत्नी हुए बिना मैं इस व्यक्ति को कभी पहचान ही नहीं पाती।

मुझमें कोई रसबोध नहीं है, यह बात, तरह-तरह से उन्होंने मुझे समझा दिया है।

किन्तु पहले ही कहा है कि जिनमें रसबोध नहीं होता वे हिसाब में बड़े पक्के होते हैं। मैंने एक और भी हिसाब किया है।

वह हिसाब इस तरह है—

मेरी पहली सन्तान के जन्म के ठीक दो वर्ष दो महीने बाद

ही मेरी दूसरी सन्तान पैदा हुई। बेला के बाद रथी। ठीक तीन वर्ष बीतते-न बीतते मेरी तीसरी बेटी रेणुका। फिर दो वर्ष कुछ महीनों पर मेरी चौथी सन्तान मीरा। मीरा के जन्म के प्राय: तुरन्त बाद ही पेट में आई पाँचवीं सन्तान शमी। शमी ही रवि ठाकुर और मेरी अन्तिम सन्तान है। —यही जानते हैं ना आप लोग?

थोड़ा सा गलत जानते हैं।

एक दूसरी कहानी भी है।

मेरे सर्वनाश की कथा।

किन्तु आपको आनन्द मिलेगा। अच्छा ही लगेगा। इस कहानी को तीन लोग जानते हैं।

मैं।

वे।

हेमलता ठाकुर।

हेमलता माने मेरे बड़े भसुर द्विजेन्द्रनाथ के बड़े पुत्र द्विपेन्द्रनाथ की दूसरी पत्नी। मेरी भतीजोहु।

हेमलता मेरी अन्तरंग सखी है। एकदम मेरी हमउम्र। दोनों का ही जन्म 1874 में हुआ था।

उसे सब कुछ बताया है।

यह घटना अभी हाल ही में घटित हुई है।

मैं शान्तिनिकेतन में थी।

घनघोर बारिश!

बोलपुर के मुंसफ बाबू के घर हम भोजन पर निमंत्रित थे। इसी वर्ष अर्थात 1902 आषाढ़ मास में। वर्षा के जल से उनके

घर की बाहरी सीढ़ी काफी बिछलन भरी थी।

पैर फिसलने से मैं गिर गई।

पेट पर चोट लगी।

उस समय मुझे 'कुछ महीने' का गर्भ था।

आपके रवि ठाकुर ने मुझ पर एक और बार कृपा जो की थी। बच्चा खराब हो गया।

और मेरा जो होना था वही हुआ। सर्वनाश। रक्तप्रवाह थमने का नाम नहीं ले रहा था।

मेरी उम्र अट्‌ठाइस वर्ष।

मेरा वैवाहिक जीवन उन्नीस वर्ष।

मुझमें और जीने की कोई लालसा नहीं।

सामर्थ्य भी नहीं।

पूरा जीवन ही कैसा तो मटमैला सा लग रहा है।

क्यों जन्म लिया था?

क्यों इतने कष्ट पा रही हूँ?

रातों को मुझे नींद नहीं आती।

पूरा शरीर दहकता रहता है।

कमरे में अँधेरा है।

उसी अन्धकार में वे हैं और मैं।

मैं बिछौने पर सूखे पत्ते सी पड़ी हुई हूँ।

वे बैठे-बैठे, हाथ पंखे से मुझे हवा कर रहे हैं। वे देर रात तक मुझे हवा करते रहते हैं। मैं सोने को कहती हूँ। कैसे भी कहूँ सुनते ही नहीं।

अचानक ही बोल उठे—

"छोटी बहू, तुम्हारे समक्ष एक बात स्वीकार करने का मन कर रहा है। तुम मेरे साथ इतने दिनों से गृहस्थी में हो, अवश्य ही समझती होगी कि अन्तर्मन में एक जगह मैं निर्मम हूँ।"

"नहीं जी, तुम निर्मम नहीं हो। तुम बड़े दयालु हो। बहुत अच्छे हो। मेरी कितनी सेवा कर रहे हो।"

"नहीं छोटी बहू, मैं निर्मम हूँ। अनासक्त हूँ। क्यों जानती हो?"

"नहीं तो!"

"सुनो। मैं जानता हूँ मैं एक लम्बी यात्रा का पथिक हूँ। मुझे अभी बड़ा लम्बा सफर तय करना है।"

"तो निर्मम बन जाओगे?"

"इस लम्बी यात्रा के कारण ही मैं अपने इष्ट-मित्रों, घर-परिवार, तुमको, अपने बच्चों को...कुछ भी, किसी को भी मन से जकड़कर नहीं रखता।"

"कहाँ पहुँचना चाहते हो तुम?"

"नहीं जानता। सिर्फ इतना जानता हूँ कि बड़ा लम्बा रास्ता तय करना है। रुक जाने से नहीं चलेगा।"

"तुम बढ़ते जाओ। मेरा प्यार और मेरी शुभेच्छा तुम्हारे साथ है।"

"छोटी बहू, मेरे अन्दर एक प्रबल शक्ति है। मैं जानता हूँ वह शक्ति विभिन्न पथों का अवलम्बन कर धीरे-धीरे स्वयं को प्रकट करेगी। यदि अन्दर ही अन्दर मैं स्वयं को निष्ठुर न कर

लूँ, तो उस शक्ति को मैं बचाकर नहीं रख पाऊँगा। यदि आसक्त हो जाऊँ तो मेरा सब कुछ नष्ट हो जाएगा।"

अँधेरे में मेरे गालों पर आँखों से जलधारा बह निकली।

वे देख न सके।

मन ही मन कहा—मेरे रवि ठाकुर! कम से कम मैं तुम्हें अति शीघ्र मुक्त कर दूँगी।

वे कहते हैं, उनके विवाह की कोई कहानी नहीं है।

उनके विवाह की कहानी होगी भी तो कैसे?

मेरी तरह अति साधारण, अल्प शिक्षित एक ग्राम्य बालिका के साथ विवाह की कोई कहानी न होना ही तो स्वाभाविक है।

किन्तु मेरे विवाह की बड़ी मजेदार कथा है।

रवि ठाकुर के साथ विवाह—कहानी नहीं होगी?

मेरा सम्पूर्ण जीवन ही तो मेरे विवाह की कथा है। मेरा विवाह हुआ लगभग दस वर्ष की उम्र में।

रवि ठाकुर की पत्नी बनकर रही लगभग उन्नीस वर्ष।

और तो मेरे जीवन में कुछ है ही नहीं—एक के बाद एक उनकी सन्तानों की माँ बनना, एवं उन्हें पाल-पोसकर बड़ा करना तथा क्रमश: एकाकी और रुग्ण होते जाने के सिवा।

ना ना, और भी है। वही बात तो बड़ी बात है।

वह है मेरे परिचय की गौरव-गाथा। महिमा।

धीरे-धीरे मैं समझ रही हूँ कि वैसा कुछ न करके भी मैं अमरत्व को प्राप्त कर रही हूँ।

उनकी तेजस्विता ही मेरा तेज है।

उनकी महत्त यात्रा और निर्मित होते इतिहास में मेरा स्थान अक्षुण्ण है।

मेरी तरह इतने करीब से तो उनको और किसी ने भी नहीं देखा है।

यह सौभाग्य तो सिर्फ मेरा है।

मेरे ऊपर ईश्वर की करुणा का अन्त नहीं।

सब तरह से ही कितनी साधारण और तुच्छ हूँ मैं।

फिर भी मैंने ही देखा है चाँद का पृष्ठतल। यह तो ईश्वर का आशीर्वाद ही है।

उस रवि ठाकुर को कितने लोग जानते-पहचानते हैं, मैं जिन्हें पहचानती हूँ, जानती हूँ।

पहले ही बताया है कि मैं लिखना नहीं जानती। वे कितनी सुन्दरता से सजा-सँवारकर मन की बातें कह देते हैं।

मैं एकदम ही नहीं कर पाती।

उनके साथ घर बसाया—यदि इसे घर बसाना कहें तो—जो भी हो, इतने वर्ष एक साथ गुजारे हैं—लेकिन चाहकर भी लेखन-कला की अभ्यस्त नहीं हो सकी।

किन्तु फिर भी, जितना ही शारीरिक दृष्टि से कमजोर हो रही हूँ, जितना ही घर-परिवार के दायित्वों को वहन करने में असमर्थ हो रही हूँ, जितना ही अकेलापन खल रहा है, उतना ही मन कर रहा है कि कुछ लिखकर समय काटूँ।

देखा है, लिखते रहने से कितना समय कट जाता है।

लेकिन क्या लिखूँ?

क्यों, आत्मकथा।

मैं तो लेख़क नहीं हूँ उनकी तरह कि बना-बनाकर लिखूँ। अपनी कहानी ही लिखती हूँ। बनाना नहीं पड़ता। एकदम रेडीमेड गल्प।

अपनी कहानी लिखूँ कैसे?

अपनी तरह से मैंने अपने जीवन को जैसा देखा है वैसे। वही सब लिख डालती हूँ।

वह देखना आपके रवि ठाकुर की तरह का नहीं भी हो सकता है। वह न होना ही तो स्वाभाविक है।

वे यदि कभी हमारी कहानी लिखेंगे, हम लोगों को लेकर अपने जीवन की कहानी—लिखेंगे भी क्या कभी? वह लिखा तो मुद्रित अक्षरों में निकलेगा। सभी पढ़ेंगे। बिलकुल अलग ही दृष्टिकोण से, रचना की तरह रचना। आखिर रवि ठाकुर की रचना है भाई।

तब हमसे अधिक रचना ही महत्त्वपूर्ण हो उठेगी। मैं तो इसे छापने के लिए लिख नहीं रही हूँ। छिपाकर रखने के लिए लिख रही हूँ।

जैसे उन्हें लिखी मेरी चिट्ठियाँ—वे सारी चिट्ठियाँ, मुझे मालूम है, मेरे साथ चिता पर आरूढ़ होंगी। कोई कभी भी उन्हें ढूँढ़कर नहीं पढ़ सकेगा। इस लिखे के भाग्य में क्या है कौन जाने!

मेरे विवाह के कुछ साल बाद। वे शिलाईदह में जमींदारी की देखभाल में व्यस्त थे।

कितना कुछ लिख रहे थे। कहानी। कविता। गीत।

उनके कार्य और उनकी ख्याति क्रमश: बढ़ रही थी। मैं तो उतना कुछ समझती भी नहीं। दूर से ही केवल उनका मंगल चाहती हूँ। वे इतने दूर हैं। मन अजीब-सा करता है। कितने दिन उन्हें देख नहीं पाती। किन्तु यह भी सोचती हूँ कि दूर हैं मतलब अच्छे हैं।

अपने मन मुताबिक काम कर पा रहे हैं।

जोड़ासाँको की बाड़ी में विशेषकर महिला-महल में कूटनीतियों का कोई अन्त नहीं।

केवल दुनियावी उठापटक।

सभी अपनी स्वार्थ-सिद्धि में लगे हुए हैं।

उसी नोच-खसोट के बीच मैं सड़ रही हूँ।

जितना हो सकता है मानकर चलने की चेष्टा करती हूँ।

कभी-कभी मन में आता है कि घर-गृहस्थी, बाल-बच्चे सब दायित्व क्या सिर्फ मेरा ही है?

उनको क्या कभी भी अपने पास नहीं पाऊँगी?

कहूँ तो मैं ही अभी इस गृह की स्वामिनी हूँ। जबकि मैं इस घर की छोटी बहू हूँ।

उनको सुविधा-असुविधा बताने का कोई उपाय ही नहीं है।

वे तो दिन-रात पूर्वी बंगाल की नदियों के विहार पर हैं।

पद्मा तट पर, किसी अज्ञात प्रान्त के पास नौका पर ही वे दिन काट रहे हैं।

कभी इछामती पर तो कभी दीर्घा के नदी-पथ पर। तो कभी सुदूर नोयालंग में एकाकी।

उनके साथ सम्पर्क बनाने का कोई जरिया नहीं है।

कभी ऐसा हुआ कि उनकी चिट्ठी आई कालिग्राम से।

उसके पश्चात खबर आई कि वे नाटोर में हैं। वे पतीसर में हैं। वे कुष्ठिया में हैं। मैं जब अपने बारे में सोचती हूँ तो पाती हूँ कि पन्द्रह साल से, वास्तव में जोड़ासाँको की बाड़ी की परिचारिका हो गई हूँ।

इसके सिवाय कोई उपाय भी तो नहीं है।

बाड़ी की बड़ी बहू सर्वसुन्दरी, बहुत समय हुआ, मरते-मरते बची हैं। बड़ी बहू यानी मेरे बड़े भसुर द्विजेन्द्रनाथ की पत्नी।

मेरी मझली जिठानी ज्ञानदानन्दिनी, अर्थात सत्येन्द्रनाथ की पत्नी, वे तो विलायत रिटर्न मेम साहब हैं, तिस पर प्रथम भारतीय आई.सी.एस. की पत्नी होने की ठसक, वे जोड़ासाँको का घर-परिवार छोड़कर साहबों के इलाके पार्क स्ट्रीट में रहती हैं। बड़े लोगों की बड़ी बात! बाबा मोशाय भी आजकल कलकत्ता आते हैं तो वहीं रहते हैं। मझली जिठानी के एक पुत्र, एक पुत्री है।

सुरेन और इन्दिरा।

और एक बेटा हुआ था। देखने में बहुत प्यारा था। उसका नाम रखा गया था कवीन्द्र। लेकिन सब उसे चोबि कहकर बुलाते थे। उसकी मृत्यु विलायत में हुई दो वर्ष की उम्र में। लगता है विलायत की ठंड सहन नहीं कर सका।

अब अपनी सँझली जिठानी नीपमयी की बात बताती हूँ।

मेरे सँझले भसुर हेमेन्द्रनाथ का देहान्त चालीस वर्ष की उम्र में हुआ।

ग्यारह बाल-बच्चे लेकर नीपमयी विधवा हुईं और विधवा होने के बाद से ही वे घर-परिवार में एक कटोरी भी इधर से उधर नहीं करतीं। धरम-करम के साथ बिलकुल अलग-थलग रहने लगी हैं।

मेरी और भी एक जिठानी हैं। ये हैं मेरे श्वसुर के चतुर्थ पुत्र वीरेन्द्रनाथ की पत्नी प्रफुल्लमयी। प्रफुल्लमयी नीपमयी की छोटी बहन हैं। नीपमयी का तो विवाह हुआ हेमेन्द्रनाथ के साथ और उनके बाद के भाई ने विवाह किया नीपमयी की छोटी बहन प्रफुल्लमयी के साथ। कारण यह कि इनके पिता हरदेव चाटुर्ज्या मेरे श्वसुर मोशाय के बड़े भक्त थे। अतएव भक्त की दो कन्याओं को अपने दो बेटों की पत्नी बनाकर बाबा मोशाय घर ले आए। भाग्य से उनका सुख देखा न गया। अचानक ही प्रफुल्लमयी के पति वीरेन्द्रनाथ विक्षिप्त हो गए।

आपके रवि ठाकुर ने हँसते हुए एक दिन मुझसे कहा, "मेरे दादा पूर्ण विक्षिप्त हैं और मैं अर्द्धविक्षिप्त।"

मैंने कहा, "राम-राम, तुम क्यों विक्षिप्त होने लगे?"

वे बोले, "कवि मात्र ही अर्द्धविक्षिप्त होते हैं।"

मेरे जेठ जब उन्माद रोग से पीड़ित थे तभी उनके एकमात्र पुत्र बलेन्द्रनाथ का जन्म हुआ।

बलेन्द्र की मात्र उनतीस वर्ष की उम्र में मृत्यु हो गई।

बलू ने ही मुझे संस्कृत, अंग्रेजी आदि सब सिखाया था। वह मेरा घनिष्ठ मित्र था। उसकी मृत्यु से मैं और भी अकेली हो गई। बलू के विषय में बाद में बताती हूँ। जितना कहा जा सकता है, उतना ही कहूँगी, अपने और बलू के बन्धुत्व के विषय में। हाँ, अभी तो मैं जोड़ासाँको के जटिल परिवेश के विषय में बता रही हूँ जिसके बीच मैंने अकेले ही साल-दर-साल काटे हैं और कहा जा सकता है कि समाप्त हो गई हूँ। उन्हें कभी अपने पास नहीं पाया, तभी सारा जीवन, चरम एकाकीपन में रहना पड़ा है। बलू की मृत्यु के पश्चात बाबा मोशाय ने एक अत्यन्त निष्ठुर कार्य किया। मैं मन से उसे स्वीकार नहीं कर पाई। किन्तु उन्होंने बाबा मोशाय का समर्थन किया था। मेरे मन की पीड़ा को वे समझ न सके।

बलू की मृत्यु के पश्चात बाबा मोशाय ने अपनी अन्तिम वसीयत में उन्मादग्रस्त पुत्र वीरेन्द्र को पैतृक सम्पत्ति से बेदखल कर दिया। कारण दिखाया कि बलू की मृत्यु के बाद वीरेन्द्र का और कोई उत्तराधिकारी नहीं है। और वह स्वयं विक्षिप्त है। इसलिए उसे सम्पत्ति का हिस्सेदार बनाना उचित नहीं होगा। वीरेन्द्र की विधवा पत्नी प्रफुल्लमयी के विषय में बाबा मोशाय ने एक बार भी नहीं सोचा। प्रफुल्लमयी के लिए प्रतिमास एक सौ रुपया तय किया गया। प्रफुल्लमयी अर्थ-चिन्ता में टूट गईं। जोड़ासाँको का पारिवारिक परिवेश जैसे मानो अन्धकारपूर्ण और जटिल हो उठा।

वे दूर से इसे कितना कुछ महसूस कर पा रहे थे, नहीं

पता। मुझे लग रहा था कि बाबा मोशाय ने प्रफुल्लमयी के साथ अन्याय किया है। किन्तु आपके रवि ठाकुर ने बाबा मोशाय के ही सिद्धान्तों का समर्थन करते हुए एक चिट्ठी में मुझे लिखा था—'अपनी एकमात्र सन्तान को खो देने के बाद भी सँझली भाभी जिस प्रकार रुपए-पैसे, कम्पनी के कागजात, क्रय-विक्रय आदि मामलों में उलझी रहती हैं उसे देखकर सभी को आश्चर्य और वितृष्णा हो रही है, चिट्ठी पढ़कर मुझे लगा, कम से कम मेरे पति अत्यन्त चिढ़े हुए हैं। आपके रवि ठाकुर ने यह भी बताया कि मानव स्वभाव की विडम्बनाओं को ध्यान में रखते हुए वे सँझली भाभी के इस कार्य-व्यापार को भी शान्त भाव से ग्रहण करने की चेष्टा कर रहे हैं।

मुझे, पहली बार पति की चिट्ठी पाकर तुरन्त उसका जवाब लिखने की तीव्र इच्छा हुई थी। और उस चिट्ठी में उनसे एक प्रश्न पूछना चाह रही थी।

किन्तु चिट्ठी नहीं लिखी, प्रश्न भी न पूछ सकी।

हिम्मत ही नहीं हुई।

अपनी इस अस्त-व्यस्त किन्तु एकदम खरी आत्मजीवनी में वही प्रश्न आपके रवि ठाकुर के निमित्त लिख छोड़ रही हूँ—

तुम क्या भूल गए थे कि तुम्हारे विक्षिप्त भाई के एकमात्र पुत्र बलू का जब देहान्त हुआ तो वह अपने पीछे छोड़ गया था पन्द्रह वर्षीय विधवा पत्नी—साहाना को?

उसके भरण-पोषण का उत्तरदायित्व क्या सँझली भाभी के ऊपर नहीं आ गया था?

बाबा मोशाय यह बात कैसे भूल गए?

और तुमने भी चूँ तक न की।

तुम्हारे इस व्यवहार से मैं जितना चकित थी उससे कहीं ज्यादा शर्मिन्दगी महसूस हुई थी।

और भी एक घटना घटी थी मेरी आँखों के सामने।

साहाना मान करके अपने पिता के घर इलाहाबाद चली गई। साहाना के पिता मेजर फकीर चाटुर्ज्या प्रभावशाली व्यक्ति थे। वे पन्द्रह वर्षीय विधवा पुत्री के पुनर्विवाह की कोशिश में लग गए।

साहाना बारह वर्ष की उम्र में बलू की पत्नी बनकर आई थी।

तीन वर्षों में उसकी कोई सन्तान न हुई। यह एक राहत थी। ज्यों ही बाबा मोशाय के कर्ण-कुहरों में साहाना के पुनर्विवाह के प्रयत्नों की बात पहुँची उनके तन-बदन में जैसे आग लग गई। वे विधवा-विवाह के घोर विरोधी थे।

इसके अतिरिक्त उन्हें लगा, ठाकुरबाड़ी की किसी विधवा के अन्यत्र विवाह से उनकी वंश-मर्यादा को ठेस पहुँचेगी।

बाबा मोशाय ने अपने सन्देशवाहक के रूप में तुम्हें ही इलाहाबाद भेजा। तुम्हारा एकमात्र कार्य था पन्द्रह वर्षीय विधवा साहाना के पुनर्विवाह को रोककर उसे फिर से जोड़ासाँको बाड़ी के कैदखाने में हाँक लाना।

मुझे लगता है, यदि तुम्हारे मझले भइया को बाबा मोशाय यह कार्य करने को कहते तो वे प्रतिवाद करते।

एकमात्र उनके ही अन्दर बाबा मोशाय से स्पष्ट बात करने की हिम्मत मैंने देखी है। तुम भाइयों में इस विषय में वे निपट

अकेले हैं। अवश्य ही इसकी एक बड़ी वजह है उनका प्रथम भारतीय आई.सी.एस. होना। अच्छी-खासी रकम उनका मासिक वेतन है। वे बाबा मोशाय की वसीयत में मुकर्रर हाथ-खर्च पर निर्भर नहीं करते।

बाबा मोशाय ने ज्यों ही तुम्हें इलाहाबाद जाने को कहा आनन-फानन तुम इलाहाबाद के लिए दौड़ पड़े।

ठीक वैसे ही जैसे बाबा मोशाय के कहने पर आनन-फानन मुझसे विवाह किया। मुझसे विवाह करना तो सिर्फ पितृ-आज्ञा पालन ही था। है ना?

क्यों किया था विवाह—बोलो?

तुम भी दुख पा रहे हो। और मैं? मेरी बात छोड़ो। कम से कम अभी। बाद में तो करनी ही होंगी वे सब बातें। अभी मैं जो बात कर रही थी—तुम इलाहाबाद चले गए। किस उद्‌देश्य से इलाहाबाद जा रहे हो, स्पष्ट तौर पर मुझे भी नहीं बताया था।

मैंने पूछा भी था।

तुमने कहा, "एक बार साहाना के घर जाना पड़ रहा है।"

"साहाना के पिता के घर! वह तो इलाहाबाद में हैं। उसके यहाँ जाने की क्या जरूरत आन पड़ी?"

"बाबा मोशाय का आदेश है।"

"वह बेचारी इस घर में एकदम ठीक न थी। बहुत अकेली हो गई थी। हर समय रोती रहती।"

"शुरू-शुरू में तो रोएगी ही। इतनी कम उम्र में विधवा हो

गई। लेकिन क्या है कि जानती हो छोटी बहू, धीरे-धीरे आदत पड़ जाती है। इस घर में इतने लोग हैं। उसे अभी लोगों के साथ की जरूरत है।"

"उसे क्या वापस लिवाने जा रहे हो?"

"देखते हैं।"

"पिता के घर जाकर यदि बेचारी चैन से रह सके तो रहने दो न। अभी ही उसे वापस लाना होगा?"

"तुम नहीं समझोगी छोटी बहू। साहाना ठाकुरबाड़ी की बहू है। इस घर में ही उसकी जगह है। उसका मन यदि अन्यत्र कहीं लगता है तो यह उसके भविष्य के लिए अच्छा नहीं होगा।"

मैंने दूसरों के मुँह से सुना कि साहाना को इतनी जल्दी वापस लाने की जरूरत क्यों आन पड़ी थी।

बाबा मोशाय ने तो आजीवन विधवा-विवाह का विरोध किया है। लेकिन तुम्हारा कोई अपना मत न था?

तुमने तो मुझसे कितनी बार कहा है कि तुम विधवा-विवाह के पक्षधर हो। तथापि बाबा मोशाय देवेन्द्रनाथ ठाकुर के सिद्धान्त के प्रतिवाद स्वरूप एक शब्द बोलने का भी साहस तुममें न हुआ।

मैं तुम्हें अत्यन्त श्रद्धा करती हूँ।

बहुत प्रेम करती हूँ।

इसीलिए जब तुम साहाना को बहला-फुसलाकर जोड़ासाँको की ठाकुरबाड़ी में वापस लाने के लिए इलाहाबाद गए, मुझे अपार

कष्ट हुआ था। बहुत लज्जित भी हुई थी।

और हाँ, मैं जानती थी कि साहाना के पितृगृह में तुम्हारी बात रख ली जाएगी। साहाना तो ऐसे ही अबोध लड़की—उसका कैसा मतामत। मेरे मन में जरा सा भी सन्देह न था। तुम जब उसे लेने जा रहे हो तो वह ठीक ही चली आएगी। और उसका शेष जीवन विधवा के रूप में ही व्यतीत होगा।

तुम्हारे साथ बातचीत, तर्क-वितर्क और समझाने की कला में कौन पार पा सकता है?

तुम तो भाषा के भगवान हो।

तुम्हारी बातों में जो जादू है, उसके कितने ही प्रमाण सारा जीवन मैंने पाए हैं।

एक जरूरी बात बताना तो भूल ही गई। मैं कृतघ्न नहीं हूँ। यह बात बतानी ही होगी। बात तब की है जब जोड़ासाँको के मकान में मैं बेहद अकेली थी। घर सँभालने में मेरा दम निकल रहा था। तभी मेरी बड़ी ननद सौदामिनी मेरा हाथ बँटाने के लिए कुछ दिन मेरे साथ थीं। कुछ ही दिनों में उन्होंने निश्चय ही समझ लिया था कि कार्य इतना सहज भी नहीं है, ज्यादा दिन नहीं टिकीं। लगा, नेपथ्य से बाबा मोशाय ही इसके कारक हैं। मझली भाभी ज्ञानदानन्दिनी का इसमें कोई हाथ नहीं है, ऐसा नहीं सोच सकी।

बाबा मोशाय आजकल कलकत्ता प्रवास के दौरान मझले जेठ के

पार्क स्ट्रीट वाले मकान में ही ठहरते हैं। जोड़ासाँको अब नहीं आते।

मेरी बड़ी ननद बाबा मोशाय की सेवा करने के लिए पार्क स्ट्रीट वाले मकान में चली गईं।

बाबा मोशाय स्वयं यही चाहते थे—उनकी ज्येष्ठ पुत्री उनके ही पास रहे।

इसलिए जोड़ासाँको का समस्त कार्यभार मेरे कन्धे पर डाल, बड़ी ननद पिता की आज्ञा-पालन करने में बिन्दुमात्र भी झिझकी नहीं।

उस समय तो पार्क स्ट्रीट का मकान ऐश्वर्यपूर्ण भव्यता से रोशन था। जो जेठ रूप-गुण में मेरे रूपवान-गुणवान पति से लेशमात्र भी कम नहीं, वे ज्योतिरिन्द्रनाथ भी वहीं थे। पर, पत्नी कादम्बरी की आत्महत्या के पश्चात वे क्रमश: कैसे तो हो गए।

वे मझली भाभी के खूब घनिष्ठ आत्मीय बने रहे। किन्तु तुम्हारे-हमारे पास से धीरे-धीरे जैसे दूर होते चले गए। इसकी वजह मैं धीरे-धीरे समझ पाई हूँ। तुमने किन्तु मुझे कुछ भी नहीं बताया। इतने वर्ष हो गए हैं तुम्हारे-हमारे। पर तुम्हारी वह ओट गई नहीं।

तुम इतना समझते हो।

यह जरा सा नहीं समझ पाते?

तुम्हारे अनूठे और अद्वितीय ज्योति दादा की बात जब उठी है, तब तो तुम्हारी नोतुन बोउठान जान—नोतुन बोउठान की बात उठना अवश्य सम्भाव्य है।

किन्तु मैं उस विषय में विशेष कुछ बोलना नहीं चाहती।

तुमने जब उसे आड़ में रखा है तो आड़ में ही रहे।

पर, एकदम से ही मुझे कुछ नहीं बताया, ऐसा भी तो नहीं।

तुमने अपने तरीके से, सम्भवत: सभी कुछ कहा है।

एकमात्र तुम ही ऐसे सब कुछ कह सकते हो—वह सब कुछ आवरण के साथ।

तुमने मुझसे कहा था, तुम नोतुन बोउठान को बहुत प्यार करते थे। और कहा था कि नोतुन बोउठान तुम्हें बहुत-बहुत प्यार करती थीं। उसी नोतुन बोउठान ने तुम्हारे-मेरे विवाह के कुछ महीनों के भीतर ही आत्महत्या के पथ का चुनाव क्यों कर लिया? कौन सा ऐसा दुख हुआ उन्हें?

जब उन्होंने आत्महत्या की थी, तब मेरी उम्र दस वर्ष थी।

कुछ भी समझ नहीं पाई।

एक दृश्य याद है।

तुम और तुम्हारे ज्योति दादा, दोनों नोतुन बोउठान को पकड़कर उन्हें दक्षिण बरामदे में चलाने की कोशिश कर रहे हो।

वे सामने की ओर लटककर सो गई हैं।

और तुम लोग दोनों जन उन्हें जगाए रखने का प्रयास कर रहे हो। किन्तु लाख कोशिशों पर भी उन्हें जगाए नहीं रख सके।

मुझे उनका स्मरण है।

ठाकुरबाड़ी की सभी बहुओं की अपेक्षा उनके शरीर का रंग दबा हुआ था।

मुझसे भी।

किन्तु सबसे सुन्दर वही थीं। उनके साथ मेरा ज्यादा साक्षात्कार नहीं हुआ। वे तो कमरे से बाहर ही नहीं निकलती थीं। मुझे भी तुम कभी उनके कमरे में नहीं ले जाते थे।

तुम कभी-कभार जाया करते थे। काफी देर रहते। जब लौटकर मेरे पास आते, तुम्हारा मन कहीं दूसरी जगह ही रहता।

मैं जो कमरे में हूँ तुम्हें इसका खयाल ही नहीं रहता।

दो-एक दिन हिम्मत करके पूछा भी था, 'क्या बातें हुईं जी?'

तुमने कोई जवाब न दिया।

पूछा था मैंने, 'मुझे अकेले जाने में डर लगता है। तुम एक दिन ले जाओगे मुझे उनके कमरे में?'

तुमने कहा—उन्हें अकेला रहने दो। तुम उन्हें समझ नहीं पाओगी। जब नोतुन बोउठान आत्महत्या की कोशिश के बाद भी दो दिन तक जीवित थीं, वे बहुत बीमार थीं, मैंने जानना चाहा था क्या हुआ है तब तुमने कहा, डॉक्टर देख रहे हैं। भयानक बेहोशी है।

उसके पश्चात इसी मकान में रहते-रहते नाना किस्से, कानाफूसी, उड़ती-पड़ती बातें सुनते-सुनते अन्ततः इतना समझ पाई हूँ, नोतुन बोउठान ने विष खाकर आत्महत्या की थी। उन्हें कोई बेहोशी नहीं थी।

एक जीता-जागता मनुष्य, इतनी छोटी सी उम्र, आत्महत्या कर लेता है! क्यों?

सभी चुप! कोई कुछ भी नहीं जानता।

हवाओं में कान लगाकर मैं धीरे-धीरे जान रही थी—मेरे रवि ठाकुर और उनकी नोतुन बोउठान की उम्र लगभग एक थी।

नोतुन बोउठान केवल दो वर्ष बड़ी थीं। और इस बाड़ी में मेरे पति के अलावा उनका कोई मित्र न था।

उनके रिश्तों को मैं बहुत धीमे-धीमे अनुभव कर रही थी—ठीक वैसे ही जैसे धीरे-धीरे किरणें फूटती हैं और सबेरा होता है।

जिस दिन उनकी नोतुन बोउठान चली गईं, उस दिन देर रात गए तक वे कमरे में नहीं आए।

कहाँ थे वे?

मैंने दबे पाँव छत पर जाकर देखा, वे चहलकदमी कर रहे हैं और रह-रहकर आकाश की ओर ताक कर कह रहे हैं—कहाँ हो तुम नई नोतुन बोउठान! तुम वापस आ जाओ। तुम्हारे बिना मैं कैसे जिऊँगा?

मैंने और कभी भी उन्हें इतना उद्भ्रान्त नहीं देखा था। मैं रोते-रोते अकेले कमरे में वापस आ गई।

मैंने शुरू किया था विवाहोपरान्त कुछ वर्षों की शिलाईदह की एक घटना की स्मृति से।

लेकिन वह घटना तो आई-गई हो गई। बातों ही बातों में कहाँ पहुँच गई—एकदम अपने विवाह के दो-तीन महीनों के भीतर।

लेखक न होने से यही होता है। बार-बार प्रसंगान्तर हो जाता है। होता भी है तो क्या! यह लिखा तो कभी कोई छापेगा

नहीं। केवल समय काटने के लिए लिख रही हूँ।

मन में बातों का अम्बार लगाकर रखने से कोई फायदा नहीं है।

मन की बातों को लिख डालने से मन काफी हल्का हो जाता है और मन की पीड़ा भी कम होती है।

उस दिन अचानक बारिश हुई। आषाढ़ माह की बरसात। वे लिखना बन्द कर खिड़की के पास जाकर बैठ गए।

हमेशा ही देखा है, बारिश के साथ उनका एक अद्‌भुत गम्भीर सम्बन्ध। वर्षा और वे जैसे परस्पर एक-दूसरे के मन की बातों को समझते हों।

और किसी के साथ भी वर्षा का ऐसा बन्धुत्व नहीं देखा है। कितनी बार देखा है; शान्तिनिकेतन में देखा है, शिलाईदह में देखा है, साजादपुर में देखा है—वृष्टि शुरू हुई और वे अपलक मेघों को निहारने लगे, मेघाच्छादित आकाश में जैसे खो से गए हैं। उस समय वे नितान्त भिन्न एक व्यक्ति होते हैं। संसार से विलग मनुष्य।

वैसे ही गीत लिखते समय भी। और कुछ लिखते वक्त बातें हो सकती हैं।

किन्तु वृष्टि और गीत के साथ वे बिलकुल एकाकार हो जाते हैं।

तब वे हमारे कोई नहीं होते।

मैं कितनी सौभाग्यवान हूँ—इन दोनों ही भाव मुद्राओं में मैंने उन्हें कितनी बार कितने पास से देखा है।

मैं उनके पास जाकर खड़ी हुई हूँ। वे खोये हुए हैं। आभास

भी नहीं हुआ। मेज पर उनके लिखने के कागज। कलम। क्या लिख रहे थे वे? लिखना बन्द कर खिड़की के पासवाली कुर्सी पर चले गए हैं।

मेज के पास जाकर देखती हूँ मोती जैसे अक्षरों में इन्दिरा को एक चिट्ठी लिख रहे हैं।

कहीं भी जरा सा काटाकूटी नहीं। एक ही प्रवाह में उनके मन की बातें बाहर आ गई हैं। मुझे पूरा पत्र याद नहीं। किन्तु उसकी अन्तर्वस्तु याद है।

उन्होंने लिखा था—'जिनकी अनुभूतियाँ अत्यन्त सीमित होती हैं, जो स्वल्प चिन्तन करते हैं, जिनके कर्मक्षेत्र की परिधि भी खूब छोटी होती है, उनके संसर्ग में मन का कोई सुख नहीं है।' ठीक इसी शब्दावली में नहीं लिखा था किन्तु मूल बातें यही थीं।

पत्र के अन्त में लिखा था—'हमारे सम्पूर्ण जीवन की सार्थकता जहाँ पर है वहाँ, प्रेम का एक स्पर्श, एक मनुष्य-साहचर्य का उत्ताप प्राप्त करना सर्वदा आवश्यक है—अन्यथा उसके फूलों-फलों में पर्याप्त वर्ण-गंध एवं रस का संचार नहीं होता। ये बातें मेरे मन में ऐसी लगीं कि याद हो गईं।

उन्होंने तो कभी भी मुझे इस भाषा में इतना भावपूर्ण पत्र नहीं लिखा। लिखेंगे भी क्यों?

मैं क्या ऐसे पत्र, ऐसे भाव और ऐसी भाषा के योग्य हूँ?

मैं क्या जीवन की उपलब्धियों के क्षणों को प्रेम का स्पर्श दे पाऊँगी? अपने साहचर्य का उत्ताप।

और यदि दे भी पाऊँ, तो मेरे जैसी एक अति साधारण

लड़की के प्रेम का क्या मूल्य?

एकबारगी मन में आया, उनके पास जाकर खड़ी हो जाऊँ, उनके भाव जगत में बलात् प्रवेश करूँ और स्पष्ट स्वर में उनसे प्रश्न पूछूँ—सच-सच बताओ, मुझसे विवाह क्यों किया था?

पूछ नहीं पाई। गर पूछ पाती तो मैं दूसरी ही लड़की होंती।

कुछ कहा नहीं जा सकता, ऐसे प्रश्न पूछ पाती, तो हो सकता है किसी दिन वे मुझे अपने प्रेम के योग्य समझते।

मैं चुपचाप कमरे से बाहर आ गई।

तुम क्यों मुझसे विवाह करने गए?

मेरे प्रिय रवीन्द्रनाथ, आखिर क्यों मैं तुमसे यह प्रश्न पूछना चाहती थी? इस प्रश्न का जवाब, सटीक जवाब, तुम कभी नहीं दे सकते थे।

वह स्वीकारोक्ति कर पाना तुम्हारे लिए सम्भव नहीं है।

किन्तु मैं जानती हूँ, क्यों तुमने मुझसे विवाह किया था। तुम्हारे ही घर के एक गरीब कर्मचारी की अति साधारण दस वर्षीय कन्या से।

तब तुम्हारी उम्र प्राय: तेईस वर्ष थी।

नोतुन बोउठान—तुम्हारे जीवन में उस समय एकमात्र लड़की, प्रेम का आधार थीं। तुम्हारी ध्रुवतारा—उनकी उम्र पचीस वर्ष, उन्हें छोड़ने के लिए तुम बाध्य थे। और विवश हुए नौ वर्ष नौ महीने उम्र की मुझसे विवाह करने के लिए।

मैं क्या दे सकती थी?

तुम चाहते भी क्या थे मुझसे?

क्यों तुम विवाह के लिए विवश हुए, वह कहानी थोड़ा-थोड़ा करके मैं समझ पाई हूँ।

कितना मुँह कितनी बातें सुनते-सुनते समझ पाई हूँ कि तुम्हारे जीवन में मेरा क्या स्थान है।

तुम्हारे साथ तुम्हारी नोतुन बोउठान का बन्धुत्व कहो, सम्बन्ध कहो, मन का आदान-प्रदान कहो, प्रेम कहो, वह कितने गम्भीर धरातल पर अवस्थित था, वह बात भी मैं क्रमश: समझ पा रही थी।

तुम्हारी जब दूसरी बार विलायत जाने की बात हुई—इस बार तुम्हारा विलायत जाना बैरिस्टर बनने के लिए था—वह खबर पाते ही नोतुन बोउठान ने आत्महत्या की कोशिश की थीं। किन्तु कर न सकीं।

उन्होंने आत्महत्या करने की कोशिश क्यों की?

क्योंकि, ठाकुरबाड़ी में किसी के साथ भी वे बनाकर नहीं चल पाईं।

मेरी तरह वे भी थीं इसी बाड़ी के कर्मचारी की पुत्री। उनके साथ भी उनके पति की उम्र में बड़ा अन्तर था।

उन्हें, तुम्हारे नोतुन दादा की योग्य पत्नी के रूप में कोई भी स्वीकार नहीं कर रहा था। यहाँ तक कि तुम्हारे नोतुन दादा भी नहीं।

एकमात्र तुम ही उनके मित्र थे।

उनके इकलौते मनमीत।

एकमात्र तुम्हारे ही साथ बन पाया था उनका सुमधुर सम्बन्ध। तुम जब पहली बार विलायत गए थे, तुम्हारी उम्र सत्रह वर्ष थी

और तुम्हारी नोतुन बोउठान की बीस वर्ष। तुम उन्हें डेढ़ वर्ष के लिए छोड़कर गए थे। एक ऐसे जगत में जहाँ प्रतिपल वे तुम्हारा अभाव महसूस करती थीं और पीड़ा पाती थीं।

नए देश में, नित्य नूतन अनुभवों के बीच तुम्हें किन्तु उतनी पीड़ा नहीं थी रवि ठाकुर।

मैंने बहुत सोचा है एवं सोचते-सोचते कई सत्य उद्‌घाटित हुए हैं। धीरे-धीरे मेरी आँखों के आगे से परदा हटता गया है।

मैं अनगिनत सोपानों को पार कर कदम-दर-कदम तुम्हारे और मेरे सम्बन्ध की वास्तविक तह तक पहुँच पाई हूँ।

वही है सत्य की तलछट।

हाँ, जो बात कह रही थी। तुम विलायत जाने से पूर्व अपने मझले भाई के पास अहमदाबाद गए। वे विलायत जाने के लिए तुम्हें तैयार करना चाहते थे।

किस प्रकार की तैयारी?

विदेश को जो देशी आसव में भिगो सकें ऐसी लड़कियों के साथ हेल-मेल बढ़ाकर तुम्हें तैयार करना।

तुम्हें अपने मित्र डॉ. आत्माराम पांडुरंग के घर रहने के लिए बॉम्बे भेज दिया।

उस घर में थी आत्माराम की हाल में विलायत से लौटी उनकी सुन्दरी कन्या। यही मराठी कन्या तुम्हें विलायती बोली और अदब-कायदे सिखानेवाली थी।

किन्तु वह तो तुम्हारे प्रेम-पाश में आबद्ध हो गई रवि ठाकुर। तुमसे भला कौन प्रेम न कर बैठेगा बोलो?

तुम भी उससे प्रेम करने लगे—यही तो सुना था।

उस लड़की का मराठी नाम था—आन्ना।

तुमने प्यार से उसका नाम रखा, नलिनी।

उसे ही सम्बोधित कर तुमने अपना काव्यग्रंथ लिखा—'कवि काहिनी'।

तुम्हारे बड़े दादा ने, मेरे विवाहोपरान्त मेरा कुँवारा नाम भवतारिणी बदलकर नया नाम रखा—मृणालिनी।

मृणालिनी ही क्यों, बहुत बाद में जान पाई थी।

'नलिनी' ही क्या 'मृणालिनी' नहीं है? मेरा नाम सुनते ही जिससे तुम्हारे जीवन की प्रथम प्रेमिका की स्मृति तुम्हारे मन में आए इसीलिए मेरा नाम 'मृणालिनी' रखा गया। मैं एक दूसरी लड़की का प्रतिबिम्ब बनकर तुम्हारे जीवन में प्रविष्ट हुई।

आरम्भ से ही मुझमें, मेरा कुछ न रहा। तुम लोगों ने ही मिटा दिया सब।

यह सत्य है कि 'नलिनी' को भूलने में तुम्हें ज्यादा समय नहीं लगा।

तुम्हारे ही मुँह से मैंने नलिनी की बातें सुनी हैं।

वह लड़की जिसने चाँदनी रात में एकाकी तुम्हारे पलंग पर आकर कहा था, मेरा हाथ पकड़कर खींचो तो, देखें इस टग-ऑफ-वार (रस्साकशी) को कौन जीतता है। वही लड़की जिसने तुमसे कहा था, अपना दस्ताना मैंने तुम्हारे सामने रख दिया है, अब मैं सो जा रही हूँ, इसी बीच यदि तुम दस्ताना चुरा सको, तो तुम्हें मिलेगा मुझे चूमने का अधिकार। क्या साहसी लड़की है,

बाप रे! कभी बोल पाऊँगी किसी अपरिचित पुरुष से ऐसी बातें?

तुम तो उसके प्रेम में पड़ोगे ही। किन्तु विलायत में मेमसाहबों को देखकर कुछ दिनों में ही नलिनी को भूल गए। जबकि 'कवि काहिनी' और 'भग्नहृदय' उसे ही उद्देश्य कर लिखा गया है।

नलिनी को किसके प्रेम में पड़कर भुलाया?

लूसी स्कॉट के प्रेमाकर्षण में।

लन्दन में जिनके घर तुम रहे उन कुलीन जन की चार पुत्रियाँ थीं।

लूसी उनकी छोटी पुत्री थी।

उसके साथ शुरू हुआ तुम्हारा गाना-बजाना और प्रेम। सिर्फ लूसी ही क्यों? तुम्हारे मुँह से ही तो सुना है और भी उनके नाम। —मिस लंग, मिस विवियन, मिस मूल आदि। तुमने तो नोतुन बोउठान को बताया भी था कि विलायत में अपरिचित लड़कियों के साथ नृत्य करने में तुम्हें कोई आपत्ति नहीं थी। बताया था कि जिधर ही पैर बढ़ाओ उधर ही मेमसाहबों की मजलिस रहती है। बताया था कि जिधर ही दृष्टि फेरो, लड़कियों के रूप-ताप से आँखें झुलस जाती हैं। बताया था, सबके चेहरों पर हँसी और हँसते-हँसते ही ये विलायती लड़कियाँ पुरुषों के मन पर कब्जा करने के लिए जितने संसाधन हैं सबका वे अनायास निर्मम भाव से वर्षण करती हैं। बताया था कि विलायत में जो कक्ष जितना बिछलन वाला है वह कक्ष नृत्य के लिए उतना ही उपयुक्त है। बताया था, इस बिछलन भरे कक्ष में पैरों में कोई बाधा नहीं होती, वे स्वयं ही फिसलते रहते हैं।

मुझे कैसे ज्ञात है, अपनी नई नोतुन बोउठान को तुमने ये सब बातें लिखी थीं?

ये सारी बातें तो मुद्रित अक्षरों में लिखी हुई हैं। और मैं तो समझ ही गई हूँ कि ये सब लिखा तुम्हारी नोतुन बोउठान को लिखे पत्र ही हैं।

तुमने ही नोतुन बोउठान को लिखा है—इन सब लड़कियों में कोई तुम्हें इशारे से बुलाता है तो कोई चपलता के माधुर्य से।

किसी के निकट तुमने रोमांटिक उष्णता महसूस की। तो किसी के साथ एकाकी वन-वीथियों में विहार किया है। किसी के साथ नृत्य किया है। किसी के साथ गाया है। किसी ने दिया है स्पर्श-सुख। किसी ने मन की तृप्ति।

स्वयं तुमने ही तो लिखा है रवि ठाकुर, तुम्हारा व्यक्तित्व एकदम ही आकर्षणहीन नहीं है इसकी प्रथम अनुभूति तुम्हें विलायत में ही हुई।

तुमने स्वीकार भी किया है कि तुम थोड़ा विलम्ब से बड़े हुए हो, इशारे में ही कहा है कि विलायती लड़कियों ने ही तुम्हें वयस्क बनाया—यही ना?

मैं उस समय तुम्हारे जीवन से बहुत दूर थी।

मैं उस समय फूलतूलि ग्राम की पाँच वर्षीय शिशु थी। और पाँच वर्ष बाद तुम्हारे ही साथ मेरा विवाह हुआ!

एक बार सोचो तो! कितनी असम्भव और अवास्तविक-सी घटना घटी, बोलो?

एक तरफ तुम्हारे जीवन में ध्रुवतारा की तरह चमक रही थीं नोतुन बोउठान कादम्बरी देवी।

दूसरी तरफ तुम शरीर और मन से विलायत में व्यस्त हो गए थे। विलायती लड़कियों का साहचर्य पा रहे थे, आन्ना जैसी मराठी लड़की भी तुम्हारे जीवन में आई, किसी ने तुमसे कहा कि मेरा दस्ताना चुराकर मुझे चूमने का अधिकार तुम्हें प्राप्त होगा, और किसी ने तुम पर आनन्द और मन के वशीकरण की समस्त अदाओं की वर्षा की—यह सब छोड़कर अथवा छोड़ने को बाध्य होकर तुमने विवाह किया—मुझसे! आखिर क्यों, रवि ठाकुर! क्यों?

इस 'क्यों' का उत्तर तुमने मुझे नहीं दिया। दे ही नहीं सके। किसी और ने भी नहीं दिया।

फिर भी इस 'क्यों' का उत्तर ठाकुरबाड़ी के महिला-महल में आँखों की इशारेबाजी, एक-दूसरे को कुहनी मारने, हाथ दबाने और हँसी-मजाक तथा खुसुर-फुसुर में सर्वत्र व्याप्त था।

जिस प्रकार एक गोताखोर डुबकी मारकर सागर की अतल गहराइयों से मणि-मुक्ताओं को निकाल ले आता है वैसे ही मैंने भी प्राप्त की है अपनी गहन व्यथा की नीलाभ मणि—अपने इस 'क्यों' का उत्तर।

मेरे जेठ लोगों में सर्वाधिक मृदुभाषी, बड़े गुणी, गाना-बजाना-लेखन, सब में जो प्रतिभा सम्पन्न हैं—वे हैं इनके नोतुन दादा ज्योतिरिन्द्रनाथ।

देखने में कितने सुन्दर!

इनसे भी सुन्दर!

फिर भी देखते ही महसूस होता है कि बड़े दुखी हैं।

हर समय मन उदास किए रहते हैं। किसी के साथ हिलते-मिलते भी नहीं हैं।

सुना है, एक समय बड़े मिलनसार थे।

आमोद-प्रमोद—गीत-संगीत-नाटक आदि इनके व्यसन थे। पत्नी की आत्महत्या के बाद से ही वे बिलकुल भिन्न व्यक्ति हो गए हैं।

मैंने हमेशा इसी 'भिन्न व्यक्ति' को ही देखा है।

पहले जैसे थे, उनके उस व्यक्तित्व के विषय में कितनी ही बातें सुनी हैं। लेकिन उस रूप को कभी नहीं देखा।

मेरे साथ तो एक बार भी कभी नहीं घुले-मिले। शायद मुझे इस घर की 'अशुभ स्त्री' मानते हैं। ऐसा मानना ही तो स्वाभाविक है। मेरे विवाह के दिन ही मेरी बड़ी ननद सौदामिनी देवी के पति शारदाप्रसाद बंद्योपाध्याय की शिलाईदह में मृत्यु हुई। बाबा मोशाय विवाह में अनुपस्थित थे। और मेरे विवाह के कुछ महीनों के अन्दर ही तो नोतुन बोउठान ने आत्महत्या कर ली।

मुझे हमेशा एक बात लगती रही है।

छोटे-बड़े के मुँह में तरह-तरह की बातें होंगी तभी यह बात किसी से कह ना पाई।

बात यह है कि इनके नोतुन दादा की यदि एक भी सन्तान होती तो उनका जीवन दूसरी तरह का हो सकता था।

क्यों नहीं हुई कोई सन्तान?

सबने सारा दोष नोतुन बोउठान के मत्थे मढ़ दिया।

ऐसे मामलों में समस्त दोषी स्त्री ही बनती आई है, सदा देखती आई हूँ।

मेरे जेठ में भी तो कमी हो सकती है।

कौन कहेगा? यह बात सोचना भी अन्याय है।

परिवार में सबने नोतुन बोउठान की ओर ही उँगली उठाई है।

उन्होंने भी मन ही मन स्वयं को बाँझ मानकर दोषी बना दिया।

मन की तकलीफ किसको बतातीं?

तकलीफ बताने के लिए पूरे परिवार में सिर्फ एक ही व्यक्ति था—मेरा पति।

मेरे विवाह के बाद नोतुन बोउठान को अवश्य ही ऐसा लगा होगा कि उनका एकमात्र सखा, उनका प्रिय रवि भी दूर चला गया।

नोतुन बोउठान को मैं दूर से ही देखती थी।

करीब जाकर उन्हें जानने-पहचानने का मौका ही कहाँ मिला? मैं भी आई रवि ठाकुर की पत्नी बनकर और वे भी चली गईं सदा-सर्वदा के लिए।

इसके अतिरिक्त यदि करीब जाने का मौका भी होता तो भी दस वर्ष की उम्र में महज तीन महीनों के भीतर कितना कुछ समझ पाती मैं उनको?

केवल इतना ही याद है कि मुझे वे जरा भी प्यार नहीं करती थीं।

जबकि अपने प्रिय देवर की दुल्हन पसन्द करने वाले लोगों में वे भी थीं।

वे जाना नहीं चाहती थीं।

अवश्य ही यह कार्य उन्हें कई कारणों से अच्छा नहीं लग सकता था। तब भी गई थीं।

ऐसा लगता है जाने के लिए बाध्य हुई थीं। इसके नेपथ्य में बाबा मोशाय का कठोर आदेश था। शायद अनिच्छुक होकर भी जाना पड़ा था इसीलिए इस धक्के को बर्दाश्त नहीं कर पाईं।

बहुत बीमार पड़ गई थीं।

मैं अवश्य ही उन्हें उनके प्रियतम पुरुष रवि की पत्नी के रूप में पसन्द नहीं आई थी।

उनके देवर का विवाह हो, यही तो वे नहीं चाहती थीं।

मैं यदि खूबसूरत होती?

अथवा अल्हड़ किशोरी?

तब तो उन्हें और भी खराब लगता।

बिलकुल बच्ची एवं दुबली-पतली कृशकाय एकदम उपेक्षणीय गाँव के गरीब घर की लड़की—यही जरा गनीमत थी!

कहाँ पचीस वर्षीय सुन्दर युवती, विदुषी, रवि ठाकुर की प्राणाधार नोतुन बोउठान और कहाँ मैं नौ वर्ष नौ महीने की तुच्छ ग्रामीण बाला—कोई तुलना है इनकी?

पहले ही कहा है कि मेरे रवि ठाकुर की उम्र उस समय तेईस वर्ष थी।

छह फुट चार इंच लम्बे एक सद्य:तरुण, ऐसा अद्‌भुत गठीला शरीर कि क्या कहूँ!

और नोतुन बोउठान छरहरी युवती। वे जितने ही गोरे, नोतुन बोउठान उतनी ही श्यामवर्णा। किन्तु कुछ एक अजब-सी चीज नोतुन बोउठान के भीतर, विशेषकर उनकी आँखों में थी—खींच लेने की सम्मोहिनी शक्ति। वे तो कहते ही हैं कि नोतुन बोउठान की आँखें वे कभी भूल नहीं पाएँगे। एक ओर एक ऐसी भाभी जो हँसती है तो सौ गुना सुन्दर दिखती है, जो देखतीं तो प्राण खिंचते महसूस होते, जिनको देखना अद्वितीय लगता, मेरे पास

भाषा नहीं है कि समझा सकूँ, बिलकुल कैसा—और दूसरी ओर मैं दस बरस की मरियल-सी गाँव की लड़की।

तब भी मैं रवि ठाकुर की पत्नी हूँ।

और नोतुन बोउठान कैसी तो एक म्लान छाया जैसी थीं—एक दिन उन्होंने ही मुझसे कहा, "छोटी बहू, नोतुन बोउठान बिलकुल ही ऐसी नहीं थीं। कुछ महीनों के भीतर ही ऐसी हो गई थीं।"

"कैसी थीं वे?" मैंने अपने रवि ठाकुर से पूछा।

उन्होंने कहा, "वह तुम नहीं समझ पाओगी। नागपाश की तरह। जब पहली बार विदेश से लौटा। नोतुन बोउठान से मिला। तब बस यही लगा कि फिर मेरा वही बंगाल, वही छत, वही चाँद, वही दक्षिणी पवन और वही नोतुन बोउठान, लगा कि नागपाश में आबद्ध, जकड़ा चुपचाप बैठे रहना चाहता हूँ, और कुछ भी नहीं चाहता।"

कितनी मोहक बातें करते हैं मेरे रवि ठाकुर, है ना? ऐसी बातें करते किसी को भी नहीं सुना है, कभी भी नहीं। वे कवि प्राणी हैं। बहुत सी चीजों की कल्पना कर लेते हैं। जो घटित नहीं होता उसकी भी। जो बहुत सामान्य है उसमें भी कुछ असामान्य की अनुभूति कर गीत रच सकते हैं।

अब यही जो उन्होंने नोतुन बोउठान को नागपाश की तरह कहा। विलायत से लौटकर वे उसी नागपाश में आवेष्ठित, जकड़े बैठे रहे—मुझे लग रहा है कि यह सब उनकी कल्पना ही है। नोतुन बोउठान तो कभी भी मेरे पास तक नहीं आईं।

कभी पास बुलाया भी नहीं।

प्यार से दुलारना, अंक भरना तो दूर की बात।

हमारे मुहल्ले में रोज दोपहर कितने फेरी देते खिलौनेवाले आते। कृष्णनगर की गुड़िया, रसोईघर के बासन, हंडी-हँड़िया कितना कुछ—एक खिलौना भी तो खरीदकर दे सकती थीं नोतुन बोउठान।

कभी भी नहीं दीं।

मेरे लिए विवाह के बाद ढेर सारे खिलौने बाबा मोशाय ने भेजे थे।

पुत्र के विवाह में उपस्थित नहीं हो सके थे। लेकिन मेरे लिए खिलौने भेजना नहीं भूले। अपने विवाह के तीन महीने के अन्दर मैं नोतुन बोउठान को जितना भी जान-समझ पाई थी—उतनी सी उम्र में मेरी बोध-बुद्धि ही क्या थी—फिर भी, जो भी समझ आया कि वे एकदम ही घुलने-मिलने वाली शख्सियत नहीं थीं। कैसी तो, मानो वे अपने में ही समाहित होनेवाली शख्स थीं।

बाद में मुझे लगा—बाद में अर्थात जब मैं बाल-बच्चों की माँ हुई, विधिवत गृहिणी हो गई, तब समझ में आया कि नोतुन बोउठान के पैरों के नीचे कोई पुख्ता जमीन ही नहीं थी।

इस घर में उन्हें कभी भी यथोचित सम्मान नहीं मिला।

जबकि घर-परिवार के पुरुषों के बीच अचानक उनकी इज्जत बढ़ गई थी।

वह भी, बहुत कुछ मेरे पति के कारण ही।

स्वयं रवि ठाकुर ने उन्हें कितनी सारी पुस्तकें एक के बाद एक समर्पित की हैं।

और गजब की भाषा में वह सब समर्पण!

स्पष्टत: नहीं कहते कि नोतुन बोउठान को समर्पित।

'प्रकृतिर प्रतिशोध' उन्होंने समर्पित किया सिर्फ इतना सा लिखकर—

'तुमको दिया!'

उसके बाद 'शैशवसंगीत' आया। उसको भी उन्होंने समर्पित किया नोतुन बोउठान को ही। लिखा—'तुमको ही दिया!'

यह सब, पहले मैं कुछ भी नहीं समझ पाई थी।

यब सब भी सोचने की चीज है, यही कभी मन में नहीं आया।

बहुत बाद में सब समझ में आया। तब तक तो नोतुन बोउठान रह ही नहीं गई थीं। किन्तु 'रह ही नहीं गई थीं' यह भी कैसे कहूँ?

'भानुसिंहेर पदावली' जब प्रकाशित हुई, तब तक तो नोतुन बोउठान जा चुकी थीं।

किन्तु वह पुस्तक भी उन्हें ही समर्पित की गई थी। क्या कहा था? कहा था—

भानुसिंह की कविताओं को छपवाने का अनुरोध तुम्हारा ही तो था। तुम्हारे उस अनुरोध का तब पालन नहीं कर सका। आज वही पुस्तक छपवाई है।

किन्तु तुम इसे नहीं देख पाईं।

छह वर्ष पश्चात 'मानसी' प्रकाशित हुई।

उन्होंने समर्पण पृष्ठ पर लिखा—

तुम्हारे हाथों में देता हूँ प्राणों का सर्वश्रेष्ठ प्रकाश।

किसके हाथों में, स्पष्ट तौर पर कुछ नहीं कहा। मेरे हाथों में भी तो हो सकता था।

जिस साल 'मानसी' प्रकाशित हुई उसी साल हमारे विवाह के सात वर्ष पूरे हुए थे।

किन्तु उन्होंने अपने 'प्राणों का सर्वश्रेष्ठ प्रकाश' जिसके हाथों सौंप दिया वह थीं नोतून बोउठान—सभी समझ रहे थे तो मैं ही नहीं समझूँगी?

सात साल पहले नोतून बोउठान चली गईं तब भी, वे ही हैं उनके मन-प्राण, सर्वत्र विद्यमान।

मैं रहकर भी नहीं हूँ।

ठीक से याद नहीं है, लेकिन लगता है, लगभग छह साल बाद उनकी विख्यात कविता की पुस्तक 'चैताली' छपी। मैं तब तक उनके पाँच पुत्र-पुत्रियों की माँ थी।

मैं जानती थी कि वे और चाहे जिसे भी 'चैताली' समर्पित करें, मुझे नहीं करेंगे। मैं तो तब केवल अमुक की, अमुक की और अमुक की माँ थी। तथा घर की सेविका थी।

किन्तु जैसे ही 'चैताली' हाथ में आई, मेरी आँखें सबसे पहले यही देखना चाह रही थीं कि पुस्तक उन्होंने किसे समर्पित की है।

धन्य है स्त्री मन!

यह कैसा समर्पण?

उन्होंने लिखा था—

तव उष्ठ दशनदंशने टूटे जाक पूर्णफलगुली!

प्रथमत:, मैं सच कह रही हूँ, कुछ भी समझ नहीं पाई।

सोचा, उनसे ही पूछती हूँ।

तत्पश्चात मन में आया, कोई भी तो उनसे कुछ पूछ नहीं रहा है। सभी एकदम से चुप हैं।

इसका मतलब सभी समझ रहे हैं और समझकर ही चुप हैं। सभी जो समझ रहे हैं, उसे मैं ही नहीं समझ पाऊँगी, क्यों?

'दशनदंशन' को छोड़कर और तो कोई कठिन शब्द नहीं है।

दशन का मतलब तो दाँत, यह मैं जानती ही हूँ। और दंशन का अर्थ हुआ काटना।

इसका मतलब जिसे समर्पित किया गया है उसके 'दाँतों से कटा' यही ना?

क्या होगा उस दाँत से कटकर?

रसीले फल एक-एक कर फूट जाएँगे।

'चैताली' की कविताएँ क्या वही रस भरा फल नहीं हैं?

तभी याद आया, एक दिन उन्होंने मुझसे कहा था, हँसते हुए नोतुन बोउठान बहुत सुन्दर दिखती थीं।

उनकी दन्तपंक्तियाँ बेहद खूबसूरत थीं ना!

मैं समर्पण के इन शब्दों की ओर बड़ी देर तक ताकती रही। अब मेरे समझने के लिए कुछ भी शेष न था।

एक समय था, जब ठाकुरबाड़ी में जो भी गीत-संगीत, साहित्य-चर्चा आदि होते उसके केन्द्र में मेरी मझली जेठानी ज्ञानदानन्दिनी रहा करती थीं। उनका बड़ा प्रताप था। इनके नोतुन दादा के मित्र बिहारीलाल चक्रवर्ती ने सब कुछ बदल डाला।

जोड़ासाँको की बाड़ी में वे ज्योतिरिन्द्रनाथ के मित्र होने के नाते आए और जिसे कहते हैं न कि 'उड़कर आए और जुड़कर बैठ गए'।

बिहारीलाल चक्रवर्ती नामचीन कवि थे। नोतुन बोउठान उनकी कविताओं को खूब पसन्द करती थीं।

और बिहारीलाल भी इस घर में अक्सर नोतुन बोउठान के लिए ही आने लगे।

वे नोतुन बोउठान के लिए कविता भी लिखने लगे। उन्हें वह सब पढ़कर सुनाते भी। सुना है, वे सब प्रेम कविताएँ थीं।

बिहारीलाल चक्रवर्ती जैसे कवि जिस लड़की के निमित्त काव्य रचना करते हैं, जिस लड़की को वे सारी कविताएँ सुनाने के उद्‌देश्य से इस घर में आते हैं, जो लड़की धीरे-धीरे उनकी आत्म-सखा बन जाती है—वह लड़की क्रमशः इस घर के गीत-संगीत, साहित्य आदि आयोजनों की प्रधान भूमिका में तो आ ही जाएगी। ज्ञानदानन्दिनी नेपथ्य में चली गईं। वे तो इस घर से भी चली गईं। मैं भलीभाँति समझ रही थी, वे नोतुन बोउठान से ईर्ष्या करती थीं।

जो भी हो, मुझे तो यही लगता है कि बिहारीलाल के प्रेम ने ही नोतुन बोउठान को जोड़ासाँको की ठाकुरबाड़ी की नायिका के

रूप में प्रतिष्ठित किया। उस समय मेरे पति रवि ठाकुर कहाँ थे? वे उस समय एकदम अबोध थे। बिहारीलाल, नोतुन बोउठान से प्रेम करते थे। और नोतुन बोउठान? सुना है कि बिहारीलाल की प्रेम-कविताओं को सुन, खुश होकर नोतुन बोउठान उन्हें तरह-तरह के पकवान बनाकर खिलाती थीं। कभी-कभार उपहार भी देती थीं। अपने हाथों से एक आसन बुनकर भी उन्होंने बिहारीलाल को दिया था जिससे मेरे पति को बड़ी जलन हुई थी।

मेरे पति को बेहद दुख पहुँचता जब नोतुन बोउठान उनसे कहतीं—ठाकुरपो—देवर जी—तुम कभी भी बिहारीलाल की तरह अच्छी कविताएँ नहीं लिख पाओगे। ठीक कहा न? दुख भी पहुँचता और फिर अभिमान भी होता नोतुन बोउठान के मुँह से ऐसी बातें सुनकर।

आपके रवि ठाकुर ने एक दिन मुझसे जरा हँसी में कहा—जानती हो छोटी बहू, तब मेरी उम्र यही कोई पन्द्रह वर्ष की थी। नोतुन बोउठान के मुँह से हमेशा ही बिहारीलाल की प्रशंसा सुनते-सुनते ईर्ष्यावश मैं शेक्सपियर के नाटक 'मैकबेथ' का ही अनुवाद कर उन्हें सुनाने लगा। किन्तु मुझे नहीं लगता उससे नोतुन बोउठान जरा भी प्रभावित हुई थीं। वे बिहारीलाल की कविताओं के प्रति ही मुग्ध बनी रहीं।

लेकिन छोटी बहू, मैकबेथ का अनुवाद करते-करते मुझमें एक अद्‌भुत घटना घटित हुई। —कहा, आपके रवि ठाकुर ने।

थोड़ी देर कुछ सोचते रहे। शायद सोच रहे हों कि मैं समझ

नहीं पाऊँगी। फिर उन्होंने बोलना शुरू किया—

'मैकबेथ नाटक में ही 'हेकट' नाम की एक डायन का प्रसंग है। वास्तव में उसका नाम किन्तु 'हेकेटि' है। 'हेकेटि' अथवा 'हेकट' केवलमात्र शेक्सपियर रचित 'डायन' ही नहीं है। वह एक ग्रीक देवी है जो एक मायावी तम में वास करती है। वह वस्तुत: तम-देवी है। उसे देखा और समझा नहीं जा सकता। उसके खिंचाव को केवल अनुभव किया जा सकता है। मुझे नोतुन बोउठान की स्मृति हो आई। हेकेटि की तरह ही निस्संग, हेकेटि की तरह ही अन्तरालवासिनी। मैं अपनी काव्य पुस्तिका 'मालती पोथी' के पन्नों पर प्रबल आवेग से अवश लिखने लगा—बारम्बार, हेकेट ठकुराइन; हेकेट ठकुराइन! कुछ ही दिनों के बीच मैं नोतुन बोउठान को 'हेकेटि भाभी' कहकर बुलाने भी लगा। उसके बाद सिर्फ 'हे' कहकर।

मैं 'हे' कहकर बुलाता तो वे कभी भी मुँह से जवाब न देती थीं। केवल मृदु हास्य के साथ तिरछी निगाहों से देखतीं।

उनका वह 'देखना' मैं भूल नहीं पाता।

शुरू से ही नोतुन बोउठान में एक शरारत थी। बड़ी प्यारी शरारत। —मेरे पति ने कहा।

फिर बोले—नोतुन बोउठान ने बड़ी गोपनीयता से एक दिन कहा—"'हे' नाम किसी को भी पता नहीं चलना चाहिए। तुम्हारा दिया हुआ नाम, जिससे तुम्हारे तक ही रहे, ठाकुरपो।"

उस दिन, इससे ज्यादा और कुछ भी आपके रवि ठाकुर ने नहीं कहा।

नोतुन बोउठान के विषय में मैंने जो भी जाना है, सब मेरी सुनी-सुनाई बातें हैं।

नाना मुख-नाना बातें, अन्तत: मेरे मन में एक रूपाकृति निर्माण में समर्थ हुई है।

ठाकुरबाड़ी के महिला-महल में नोतुन बोउठान से सम्बन्धित भाँति-भाँति की कथाएँ चलती रहतीं।

नोतुन बोउठान को, पीठ पीछे कई लोग 'मधुमक्खी' भी कहते। यह बात मैंने अपने कानों से सुनी है।

मैं कोई लेखक नहीं हूँ और इस लिखने पर मेरा जरा भी वश नहीं है, यह तो अवश्य ही आप लोग अभी तक समझ चुके होंगे। हो सकता है अभी तक आपने पढ़ना ही बन्द कर दिया हो।

या फिर कई लोग, हो सकता है, मेरे प्रति दयार्द्र होकर अथवा रवि ठाकुर और अपने व्यक्तिगत जीवन के कन्धे को मैं जो उघाड़ रही हूँ इसी वजह से मुँह नहीं फेर पा रहे हैं।

जो लोग अब भी मेरे साथ हैं, वे जिस किसी भी कारण से हों, उन्हीं से पूछ रही हूँ, क्या आपको याद है, इसी लिखे में मैंने कहीं पहले कहा है कि रवि ठाकुर मेरे एक प्रश्न का उत्तर नहीं दे पाए।

प्रश्न बिलकुल सीधा-सा है—'क्यों रवि ठाकुर, क्यों तुमने मुझसे विवाह किया?'

इस 'क्यों' का उत्तर मेरे पति ने मुझे नहीं दिया।

दे ही नहीं पाए।

मैंने लिखा है, इसी 'क्यों' का उत्तर ताक-झाँक रहा था ठाकुरबाड़ी की महिला-महल की आँकी-बाँकी भंगिमाओं, इशारेबाजियों और तरह-तरह की व्यंग्योक्तियों में।

गोताखोर जैसे समुद्र की तलहटी से मणि-मुक्ताओं को ढूँढ़ लाता है, वैसे ही मैंने भी पाया है अपने इस 'क्यों' का उत्तर।

इस 'क्यों' का उत्तर रवि ठाकुर के जीवन की एक अत्यन्त गोपन कहानी के बीच छुपा हुआ है।

उस कहानी को टुकड़ों-टुकड़ों में मैंने इकट्ठा किया है।

इस कथा में मेरे पति रवि ठाकुर का एक भिन्न परिचय है। चाँद का पीछे का तल। एक बात है, इस कहानी को मैं लेकिन अपने पति की निन्दा करने के लिए नहीं लिख रही हूँ।

जो घटित हुआ है, वह अत्यन्त स्वाभाविक घटना है।

इस कहानी में कुछ अन्याय नहीं है।

और हम तीनों ही इस घटना के शिकार हैं—मेरे पति, उनकी नोतुन बोउठान और मैं।

वर्ष 1878, मेरे पति को विदेश जाना पड़ा। उस समय उनकी उम्र सत्रह वर्ष की थी।

उन्नीस वर्षीय नोतुन बोउठान जोड़ासाँको की ठाकुरबाड़ी के उपेक्षापूर्ण माहौल में पड़ी रह गईं।

इस घर में उनका कोई भी मित्र न था। एकमात्र मित्र था उनसे दो वर्ष छोटा उनका देवर रवि ठाकुर।

उनका सम्बन्ध केवल मात्र देवर-भाभी का ही सम्बन्ध नहीं था।

सत्रह वर्षीय रवि ठाकुर और उन्नीस वर्षीय कादम्बरी, एक कवि और दूसरा एक नितान्त अकेली लड़की, जिसे कोई भी प्रेम नहीं करता, सभी जिसे बाजार सरकार अर्थात बाजार-हाट करनेवाले सेवक की बेटी कहकर हेय दृष्टि से देखते और जिसके साथ पति ज्योतिरिन्द्रनाथ का भी वैसा कोई मन का जुड़ाव न हो सका था, ऐसा मुझे लगता है।

सभी लड़कियों के हृदय में प्रेम के प्रति एक उत्कट लालसा होती है। अपनी लालसा से ही यह बात मैं समझ पाई हूँ।

नोतुन बोउठान को तो कोई सन्तान भी नहीं हुई। स्त्रियों के कई अभाव मातृत्व से पूर्ण हो जाते हैं।

नोतुन बोउठान के मन के भीतर विराट सूनापन था। वे अत्यन्त दुखी थीं। रवि ठाकुर के प्रेम ने नोतुन बोउठान की पीड़ा को बहुत कुछ शीतल कर दिया था।

अचानक ही जब उनके इतने प्रिय देवर विलायत चले गए, तब कैसे बीते होंगे उनके दिन?

एक बार भी क्या किसी ने इस बात पर विचार किया है? यहाँ तक कि सत्रह वर्षीय रवि ठाकुर के पास भी इस बाबत सोचने का समय था?

नहीं, नहीं था। किन्तु रवि ठाकुर के प्रसंग पर बाद में आती हूँ। पहले नोतुन बोउठान की बात।

वर्ष 1868 में वे ज्योतिरिन्द्रनाथ की पत्नी बनकर इस घर में आईं। और 1978 में अर्थात दस वर्ष बाद उनका परम मित्र, अत्यन्त प्रिय व्यक्ति, उन्हें छोड़कर सात समुद्र पार एक अनजाने

देश चला गया। वह कब लौटेगा? किस रूप में लौटेगा? लौटकर फिर नोतुन बोउठान के प्रति वही भाव रखेगा या नहीं, कुछ भी तो उनको पता नहीं था।

घर के सभी सदस्य उनकी उपेक्षा करते थे। कोई उनसे प्रेम नहीं करता था। नोतुन बोउठान का अन्तर्मन कितना हाहाकार करता होगा अपने प्रिय व्यक्ति के लिए, यह अन्दाजा भी लगा पाना किसी के लिए सम्भव न था। उस एकाकी घर में उन्होंने न जाने कितने नि:शब्द विलाप किए होंगे।

ये जो दस वर्ष उन्होंने ठाकुरबाड़ी की बहू के रूप में अहर्निश उपेक्षा और तिरस्कार सहन किया उसमें उनके प्रिय देवर की एकमात्र ममता ही थी जिसने उन्हें जीवित रखा।

प्रारम्भिक कुछ वर्ष तक वे खेलकूद के संगी थे। उसके पश्चात जब प्रिय रवि मातृहारा हुए, उस मातृहारा बालक को अपनी माया, ममता और स्नेह से जिसने सब ओर से घेरे रखा, मातृ-बिछोह की अनुभूति ही न होने दी वह स्वयं भी तो तब एक बालिका ही थी। किन्तु फिर भी मानो रातोंरात ने कितना बड़ा बना दिया था उस लड़की को—रवि ठाकुर की नोतुन बोउठान को।

रवि ठाकुर उस समय बारह साल के थे। और नोतुन बोउठान चौदह वर्ष की। बालिका कहूँ? या किशोरी?

मेरी इच्छा उन्हें किशोरी कहने की ही हो रही है। राधिका भी तो इसी उम्र में रायकिशोरी हो गई थीं। और मैं तो उस उम्र में माँ ही बन गई थी।

बारह वर्षीय रवि ठाकुर का यज्ञोपवीत हुआ। उनके लिए हविष्य किसने बनाया?

और कौन, वही चौदह वर्षीय रायकिशोरी।

मेरे पति उस हविष्य का स्वाद अब भी भूल नहीं पाए हैं। जैसा उन्होंने बताया है वैसे तो मैं कह नहीं पाऊँगी—उनकी ही बातें जितनी याद आ रही हैं हूबहू लिख दे रही हूँ—

'याद आता है, नोतुन बोउठान हविष्यान्न पकातीं। उसमें मिलातीं थोड़ा सा गाय का घृत। वे तीन दिन उसी के स्वाद-गन्ध के वशीभूत था मैं किसी लोभी की तरह।'

और एक दिन आपके रवि ठाकुर ने मुझसे कहा, "जानती हो छोटी बहू, बाल्यावस्था में मुझे पानता-भात खाना बेहद प्रिय था। और उस पानता-भात में जिस दिन हरी मिर्च की हल्की सुगन्ध के साथ नोतुन बोउठान की ऊँगलियों के स्पर्श का स्वाद भी शामिल हो जाता, उस दिन तो बस, कुछ पूछो ही मत।"

किन्तु सिर्फ हविष्य और पानता-भात तक ही मेरे पति की मुग्धता सीमित नहीं थी।

उनके मन में अनेक तरंगें उठती थीं। एक दिन मैं और मेरे पति एकाकी पद्मा के तट पर घूमने निकले। संध्या का समय था। पूरा आकाश मेघों से भरा हुआ था। उसकी ओर देखकर आपके रवि ठाकुर ने कहा, "नोतुन बोउठान की दोनों आँखें इस तरह मेरे अन्तर्मन में धँस गई हैं कि लगता है हर वक्त ताकती रहती हैं। किसी भी तरह उन्हें भुला नहीं पाता। काश! यदि आँक

पाता तो बार-बार उन्हीं दो आँखों को आँकता।"

असल में मेरे पति अपनी नोतुन बोउठान से बेहद प्रेम करने लगे थे—वह भी कच्ची उम्र में।

और नोतुन बोउठान?

वे बातें कहनी ही होंगी।

नहीं, मैं कहना नहीं चाहती। यदि मैं लेखक होती तो कह सकती थी। जो कहा नहीं जा सकता, जिसे नहीं कहना चाहिए, उसे भी लेखक कितनी सुन्दरता से कह देते हैं।

सिर्फ एक बात बिना कहे नहीं रह पा रही हूँ—अपनी सत्रह वर्ष की उम्र में जब रवि ठाकुर अचानक ही विलायत चले गए तब उनकी उन्नीस वर्षीय नोतुन बोउठान ने कितनी यंत्रणा भोगी थी, उसे लिखकर समझा नहीं पाऊँगी।

किन्तु आपके रवि ठाकुर ने उतनी पीड़ा नहीं भोगी। यह बात पहले भी कह चुकी हूँ न?

वे तो नए देश में न जाने कितने नए अनुभवों और आनन्दों के बीच गए थे। कई लड़कियों के साथ थोड़े-बहुत प्रेम-प्रसंग भी चले। तब क्या नोतुन बोउठान की बात उनके जेहन में आई थी? वे क्या कर रही हैं? जोड़ासाँको की अवहेलना, अपमान भरे माहौल में उनके दिन कैसे बीत रहे हैं?

मुझे नोतुन बोउठान के सम्बन्ध में कितनी बार, कितनी बातें बताई हैं आपके रवि ठाकुर ने। किन्तु कुछ-कुछ बातें एकदम ही नहीं कहते। अच्छी तरह समझ रही थी कि कहना नहीं चाहते। जितना कहना है उससे कुछ भी अधिक उन्होंने मुझसे नहीं कहा

है। कितना कहना है और कहाँ पूर्ण विराम लगा देना है यह उनसे बढ़कर और कौन जानता है?

एक दिन उनसे पूछा था—सिर्फ एक ही दिन—"विलायत से तुमने नोतुन बोउठान को जरूर बहुत सारी चिट्ठियाँ लिखी होंगी और वे भी तो मेरी तरह मूर्ख नहीं थीं जो तुम्हें पत्र लिखते डरतीं। कभी उनकी लिखी एक चिट्ठी तुम मुझे दिखाओगे?" मेरे इस प्रश्न का सीधे तौर पर उन्होंने कोई उत्तर नहीं दिया। केवल उनका गौरवर्ण मुख रक्ताभ हो उठा। क्या पता, गुस्सा तो नहीं हो गए? मैं भी तो कैसी ऊटपटाँग बातें बोल पड़ती हूँ! पत्नी का अधिकार निश्चित तौर पर उन्होंने मुझे दिया है। किन्तु इतना भी नहीं।

दो-तीन दिन पश्चात उन्होंने मुझसे कहा—कुछ आनन्द में ही कह रहे थे, ऐसा मुझे लगा, असल में उनके मन की बातों को सब समय ठीक-ठीक समझ भी नहीं पाती थी, उनके मन की कई परतें हैं। —हाँ, तो मैं जो कह रही थी, उन्होंने कहा, "नोतुन बोउठान को लिखे मेरे कई पत्र 'भारती' पत्रिका में प्रकाशित हुए थे। जिसे लिखा था वह ठीक ही समझ रही थी कि उसे ही इन पत्रों में इंगितों-संकेतों में बहुत कुछ कहा जा रहा है—और कोई भी समझ नहीं पाता था।"

तभी लगा, जैसे आपके रवि ठाकुर कुछ सोच रहे हैं। काफी देर तक चुप रहे। उसके बाद बोले, "नोतुन बोउठान को पत्र लिखकर विलायती लड़कियों के बारे में बताया था—सबके नाम बताए थे, मिस विवियन, मिस लंग, मिस मूल और हाँ, निश्चय

ही मिस लूसी स्कॉट। ये सभी विलायती लड़कियाँ मेरे व्यक्तित्व के आकर्षण से अभिभूत थीं, यह बात नोतुन बोउठान को गर्वबोध के साथ जताने में मुझे जरा भी हिचक न थी। फिर भी नोतुन बोउठान अवश्य सोचती होंगी कि मुझ जैसा लज्जाशील और मुँहचोर विलायती तरुणियों का किसी भी प्रकार सामना नहीं कर सकता। हाँ, यह और बात है कि यह नोतुन बोउठान की अपनी धारणा थी। विलायत की सभी लड़कियों की यही विचित्रता ही तो उनके आकर्षण को इतना बहुरंगी बना देती है। लूसी मुझे पसन्द थी अपनी चपलताजन्य माधुर्य के कारण। विवियन थी अस्पष्ट, धुँधली, कुछ संकेतमय सी। मिस लंग मेरे साथ वन- वीथिकाओं की निर्जनता में जाना चाहती थीं। और मिस मूल को पसन्द था नाचना-गाना। एक बात कह सकता हूँ, इनके सान्निध्य में ही मेरी लज्जा खत्म हुई और मेरा संकोच दूर हुआ। मुझे याद आ रहा है कि एक चिट्ठी में मैंने ये सारी बातें नोतुन बोउठान को लिखी थीं।"

विलायती युवतियों के बीच जब मेरे पति की अत्यधिक प्रतिष्ठा की कानाफूसी, जोड़ासाँको की बाड़ी में पहुँची, तब उसी घर में नोतुन बोउठान कैसे रह रही थीं? किस बहाने और कैसे व्यतीत हो रहे थे उनके दिन-रात?

तब नोतुन बोउठान की उम्र बीस वर्ष के आसपास थी। अपने प्राणप्रिय व्यक्ति के विदेश गमन के पश्चात ठाकुरबाड़ी की वही सबसे निस्संग व्यक्ति थीं एवं इस अभिशप्त अपमान को उन्हें सहन करना पड़ रहा था कि वे बाँझ हैं। उनकी कभी भी

सन्तान न होगी। ठाकुरबाड़ी की महिलाओं में वे सबसे अधिक तिरस्कृत थीं।

एक तो सेवक की पुत्री, दूसरे सन्तानोत्पत्ति में अक्षम, तिस पर शरीर का रंग काला—कहाँ उच्च शिक्षा प्राप्त, सभ्य, सुशिक्षित, शालीन, प्रभावी व्यक्तित्व सम्पन्न ज्ञानदानन्दिनी जो उस समय विलायत में ही थीं और कहाँ ठाकुरबाड़ी के सेवक की पुत्री—यह लड़की ज्योतिरिन्द्रनाथ की पत्नी! इस विवाह को ही कइयों ने 'गतिहीन' मान लिया था। सर नीचा कर इस 'गतिहीन' विवाह के प्रसाद को स्वीकार कर लेने के सिवा नोतुन बोउठान के पास कोई दूसरा चारा न था।

अपने पूरे मन-प्राण से वे एक ही चीज चाहती थीं—उन्हें भी कोई प्रेम करे। वह प्रेम उन्हें नन्ही उर्मिला से प्राप्त हुआ। यह छोटी-सी बालिका कौन थी जिसे हृदय से लगाकर जीवित रहने का उपाय ढूँढ़ रही थीं नोतुन बोउठान?

उर्मिला मेरे पति की बड़ी बहन स्वर्णकुमारी देवी की पुत्री थी।

निस्सन्तान नोतुन बोउठान ने उर्मिला को कलेजे से चिपका लिया। उर्मिला से ही उन्हें एक शिशु का मासूम प्यार प्राप्त हुआ। नोतुन बोउठान ही इस बच्चे की देखभाल करतीं, खिलाती-पहनातीं। नोतुन बोउठान का कमरा बाहर की ओर था। तीसरे तल्ले की छत पर। घर के भीतरी हिस्से से बाहर रहकर ही उन्हें शायद अधिक सुकून मिल रहा था।

मैंने सुना है कि इस छत पर बने कमरे में उर्मिला को लेकर वे अकेली ही रहा करती थीं मानो उर्मिला उनकी ही पुत्री हो।

घर के भीतरी हिस्से से माँ-बेटी का कोई विशेष सम्पर्क न था। किन्तु भाग्य से नोतुन बोउठान का यह सुख भी सहा न गया।

तीसरे तल की छत के उस कमरे की बगल में ही नीचे जाने के लिए लोहेवाली सीढ़ी थी।

नोतुन बोउठान की नजर की पहुँच से बाहर होकर नन्ही उर्मिला अकेले ही उस सीढ़ी से नीचे उतरने लगी।

सर्दियों की शाम थी। सब जगह अँधेरा था।

उर्मिला का पैर फिसल गया। लोहे की सीढ़ी से लुढ़कते-लुढ़कते वह नीचे जा गिरी।

सिर में चोट लगने के कारण वह बेहोश हो गई।

और फिर उर्मिला कभी होश में नहीं आई।

इस घटना के पश्चात जो होना था वही हुआ। एक तो बाँझ, तिस पर अभागन और कुलच्छनी! ठाकुरबाड़ी के महिला-महल में बिलकुल निस्संग निर्वासित-सी हो गईं नोतुन बोउठान।

ठाकुरबाड़ी के अन्दर-महल में यह खुसुर-फुसुर भी सुनी गई कि उनका मुँह देखने से ही अकल्याण होता है।

एक दिन शान्तिनिकेतन में ही आपके रवि ठाकुर के मुँह से ही सुना था कि उपरोक्त घटना के पश्चात नोतुन बोउठान कैसे जी रही थीं।

कितनी गहन गम्भीरता के साथ उन्होंने सब कुछ कहा था। उनकी मुँहजबानी बातें, जितनी भी याद हैं सब यहाँ लिख रही हूँ—

इस घटना के पश्चात नोतुन बोउठान और भी निस्संग हो गईं। किसी से भी अब वैसे घुलती-मिलती न थीं। विलायत से लौटने के कुछ ही दिनों के बीच मैंने एक सर्वथा अलग नोतुन बोउठान का अन्वेषण किया। वह स्त्री मानो अपने गृहस्थ जीवन के समस्त कर्तव्यों की तलहटी में सुरंग खोद उस निस्तब्ध अन्धकार के बीचोबीच शोक का एक मन्दिर गढ़कर उसी की आश्रिता हो जहाँ उसके पति अथवा किसी को प्रवेशाधिकार नहीं।"

वे डेढ़ साल बाद विलायत से लौटे थे।

जिस नोतुन बोउठान को वे छोड़कर गए थे, और जिसके पास पुनः वापस लौटे थे, वे दोनों क्या एक ही शख्सियत थीं?

ऐसा क्या हो सकता है?

डेढ़ साल बहुत लम्बा समय है।

मुझे तो लगता है अनन्त पीड़ा, अभिमान, अपमान, एकाकीपन और स्नेह-मंजूषा लिये नोतुन बोउठान उनका ही पथ जोह रही थीं। नोतुन बोउठान अब और अधिक अपने में धँस गई हैं, उनका अन्तर्मन अब एक निर्जन शोक मन्दिर बन गया है—यह बात ठाकुरबाड़ी में और कोई समझे न समझे लेकिन वे विलायत से लौटते ही इसे समझ गए थे।

कैसे नोतुन बोउठान को इस शोक-मन्दिर से बाहर ले आया जाए? उनके मन का वह अन्तःपुर जहाँ उनके पति को भी प्रवेशाधिकार नहीं, कैसे वहाँ प्रविष्ट हुआ जाए?

क्या आपके उन्नीस वर्षीय रवि ठाकुर अपनी इक्कीस वर्षीय नोतुन बोउठान के मन की उस गोपन, अन्धकार भरी कोठरी में

प्रविष्ट हो साधिकार अपना आसन बिछा पाएँगे? नोतुन बोउठान अपने रवि के साथ पुनर्मिलन की आकांक्षा में ही तो दिन गिन रही थीं। विलायत जाने से पूर्व उनके ही पास बैठकर तो रवि लिखते-पढ़ते थे।

विलायती मेमों ने उन्हें बदल तो नहीं दिया?

नोतुन बोउठान को अब क्या वे पहले की तरह ही प्रेम करेंगे?

यह भय, अनिश्चितता तो नोतुन बोउठान के मन में थी ही। किन्तु कुछ ही दिनों के अन्तराल में नोतुन बोउठान के मन के मेघ छँट गए।

विलायत से लौटते ही नोतुन बोउठान के तीसरे तल्ले की छत वाले कमरे के सामने बगीचा लगाने लगे उनके प्रिय ठाकुरपो।

उस उपवन को लगाने की कहानी एक दिन उन्होंने मुझे शिलाईदह में सुनाई थी।

वह वर्षा ऋतु की एक शाम थी।

झमझमाकर बारिश होने लगी।

वे शयनकक्ष की खिड़की के पास बैठे थे। कार्यालय के सामने पद्मा नदी का प्रशस्त रेतीला तट पसरा था।

खिड़की के पास बैठकर वे बारिश को निहार रहे थे। पास ही पत्थर की मेज पर एक शमादान रौशन थी।

उस प्रकाश में वे अति सुन्दर दिख रहे थे। मैं उन्हीं की ओर ताकती पास की पलंग पर बैठी थी।

वे कहने लगे—

"विलायत से लौटकर नोतुन बोउठान के साथ मिलकर मैं उपवन लगाने लगा।

"इस कार्य को करने में नोतुन बोउठान को बड़ी ऊर्जा मिल रही थी। अपने अन्दर जिस शोक-मन्दिर का सृजन कर वे उसमें निस्संग निर्वासन के दिन काट रही थीं, वहाँ से मेरे साथ मिलकर उपवन-सृजन के कार्य ने उन्हें बाहर खींच लिया। पेड़-पौधे, लता-गुल्म, फूल-फल और पक्षियों के कलरव के बिना यह कार्य कभी भी सम्भव न होता।"

उनकी बातें सुनकर अचानक मेरे मुँह से निकल गया, "उन सब चीजों का कोई अर्थ ही न होता अगर उसमें तुम्हारे प्रेम की पुकार न होती।"

वे बड़े धीमे-धीमे बोल रहे थे—

"मैं नोतुन बोउठान को बेहद प्रेम करता था और नोतुन बोउठान भी मुझसे अथाह प्रेम करती थीं।" उसके बाद वे और भी कुछ बातें करते रहे। —बस वही एक बार फिर। कभी कुछ नहीं कहा।

वे कहने लगे—

"उन सब दिनों की बातें बहुत याद आती हैं। काश! कि उन सब सुन्दर दिनों को सोने के पिंजरे में बन्द करके रख पाता। विलायत से लौटते ही नोतुन बोउठान की आँखों में

झाँककर देखते ही एक बात मैं बड़े स्पष्ट ढंग से समझ पा रहा था—नोतुन बोउठान ने अपने मुँह से कभी कुछ नहीं कहा, मैं किन्तु महसूस कर पा रहा था कि नोतुन बोउठान इस असहाय एकाकीपन और ठाकुरबाड़ी के नाना तिर्यक अपमानों से मुक्ति का एक रास्ता खोजने की कोशिश कर रही हैं। और उनका अन्तर्मन छटपटा रहा है।

"छोटी बहू, मुझे छोड़कर इस ठाकुरबाड़ी में दूसरा कोई न था जो नोतुन बोउठान के मन का ध्यान रखता। यह बात भी विलायत से लौटने के पश्चात पहली बार मैंने ठीक से अनुभव किया।

"नोतुन बोउठान ने मेरे साथ हाथ मिलाकर उपवन तैयार किया।

"मैंने कहा, 'बोउठान उपवन तो फूल-फल, लता-गुल्मों से पूरी तरह खिल उठा है। अब तुम उपवन को एक नाम दो। नोतुन बोउठान ने बिना कुछ सोचे-समझे ही कहा, 'ठाकुरपो, तुम्हारे रहते मैं नामकरण करूँ?'

"मैंने भी बिना कुछ सोचे कहा, "नन्दनकानन।"

"बोउठान को नाम बहुत पसन्द आया। वह शरद ऋतु की एक संध्या थी जब हम उपवन के बीचोबीच खड़े थे। बोउठान ने मुँह से कुछ नहीं कहा। केवल मेरी आँखों में एक बार देखा।

"वह 'देखना' हमेशा याद रहेगा। और..."

"और क्या?" उनकी बातों के बीच में ही मैं प्रश्न कर बैठी।

उन्होंने कहा—

"और क्या? फिर मैंने कहा कि बोउठान, हमारे इस उपवन में, लोककथाओं की राजकुमारियों की तरह तुम्हें अपने हाथों से पेड़-पौधों को सींचना होगा।

"नोतुन बोउठान ने मेरे हाथों में हाथ रखकर कहा, 'उस पश्चिमी कोने में एक झोंपड़ी बना देना, हरिण शावक रहेंगे।'

"मैंने कहा, एक प्रस्ताव और है बोउठान।

"बोउठान प्रश्न न करके जरा-सा हँस दी।

"मैंने मानो उस हँसी के प्रतिउत्तर में कहा, और एक छोटी-मोटी झील भी रहेगी जिसमें दो-चार हंस तैरते रहेंगे।

"बोउठान तब काफी उत्साहित हुईं, बोलीं, केवल झील और हंस होने से ही नहीं चलेगा ठाकुरपो। झील में हम और तुम दोनों मिलकर नीलकमल खिलाएँगे। नीलकमल देखने की मेरी बहुत दिनों की इच्छा है।

"मैंने कहा, 'वाह! बोउठान, और नीलकमल के फूलों से भरी उस झील के ऊपर एक सेतु भी बना लिया जाएगा और घाट किनारे रहेगी एक छोटी सी नौका।' मेरी बात सुनते ही बोउठान ने कहा, 'घाट किन्तु श्वेत संगमरमर का ही होगा।' "

इतनी बात कहकर ही आपके रवि ठाकुर बहुत देर तक चुप हो गए।

बाहर बारिश भी और तेज हो गई थी।

मैंने सोचा—इस नितान्त व्यक्तिगत कथा को वे और मुझसे बाँटना नहीं चाहते।

मैंने पलंग से उतरकर मेज की शमादान की बाती को थोड़ा और ऊपर की ओर खिसका दिया। और तभी वे बोले, "कभी जरूर एक कहानी लिखूँगा जिसमें बोउठान और मेरे इस उपवन-सृजन की बात होगी।"

"क्या नाम रखोगे उस कहानी का?"

"नष्ट नीड़।"

"नष्ट नीड़? उपवन पर लिखी गई कहानी, उसका नाम नष्ट नीड़?" मैं तो अवाक हो गई।

"वह, तुम नहीं समझोगी छोटी बहू। कहानी तो उपवन के विषय में होगी नहीं। उपवन रहेगा, लेकिन कहानी होगी एक नारी की जो हर तरफ से आक्रान्त है, जिसके लिए इस पृथ्वी पर ऐसा कोई स्थान नहीं है जहाँ अपने हृदय को पूरी तरह उद्घाटित कर वह हाहाकार कर सके—उपवन उसके हृदय में ही थोड़ा-थोड़ा कर मृत हो गया।"

"उस स्त्री का पति—वे भी क्या उस स्त्री के मन की पीड़ा को नहीं समझते?"

"उसके पति के मन के भावों के साथ ही मेरी वह कहानी खत्म होगी।"

"उसके पति के मन के भाव क्या हैं?" मैं बिना पूछे रह न सकी। पता नहीं क्यों, उस समय मेरे हृदय में तीव्र वेदना की एक लहर व्याप्त हो गई और डर लगने लगा। किस बात का डर!

रवि ठाकुर ने कहा, "मान लो मेरी उस कहानी के एकदम

अन्त में पति निःशब्द सोच रहा है—मैं कहाँ जाऊँ? जो स्त्री अपने हृदय में सदा किसी अन्य का ध्यान करती हो, निर्जन बन्धुहीन प्रवास में उसे अपना सहचर कैसे बनाऊँ? जिस स्त्री का अन्तर्मन अन्य पुरुष की भावमूर्ति हो उसे अपने हृदय से लगाए रखने की यंत्रणा कितने दिनों तक सहन करूँ? जो आश्रय पूर्ण हो गया है उसके भग्न ईंट-काठ को सारा जीवन मुझे ही अपने कन्धे पर वहन करना होगा?"

रवि ठाकुर फिर चुप हो गए?

मुझे एकाएक महसूस हुआ, मेरे पैरों के नीचे जमीन नहीं है। मेरी छाती पसीने से तरबतर होने लगी।

मैं खिड़की के पास चुपचाप जाकर खड़ी हो गई।

विलायत से मेरे पति वापस आ गए। नोतुन बोउठान उनकी प्रतीक्षा कर रही थीं। यह जैसे बचपन के दोस्त, खेलों के संगी को फिर से पाना था।

बात लेकिन और भी बहुत दूर तक गई।

आपके रवि ठाकुर ने मुझसे सब कुछ नहीं कहा। जितना कहा उसमें भी अनेक आवरण हैं।

मैंने थोड़ा-थोड़ा करके उन आवरणों को सरकाने की कोशिश की है।

क्यों किया है?

शायद और अधिक पीड़ा पाना अच्छा लग रहा था, तभी।

पति के जीवन में उसकी अपनी स्थिति क्या है, कम से कम इतना जानने की इच्छा किस स्त्री में नहीं होती?

आवरण को हटाकर इसी कारण मैंने सत्य जानने की कोशिश की।

और भी एक कारण है।

रवि ठाकुर ने क्यों मुझसे विवाह किया?

इस प्रश्न का उत्तर पाने के लिए भी मुझे इस आवरण को सरकाकर ही खोजना था। एक बात बताऊँ, सत्य के मैं जितना करीब पहुँचती गई हूँ, उतना ही मैंने अपने पति से और अधिक प्रेम किया है, अपना बनाकर रखने की चेष्टा की है। उन्हें प्रेम किया है मैंने अपने जीवन में दुखदाता देवता के रूप में। और उतनी अधिक वेदना भी प्राप्त की है।

मेरा अन्तर्मन हिम बन गया है। मेरे पति की उम्र तब इक्कीस वर्ष थी और नोतुन बोउठान की तेईस वर्ष। सुनी हुई बात है, अफवाहों और उड़ी-उड़ाई बातों से धीरे-धीरे मैं समझ रही थी कि मेरे पति और उनकी नोतुन बोउठान का सम्बन्ध क्रमशः गम्भीर प्रेम-सम्बन्ध में परिणत हो चला था।

मैंने आपके रवि ठाकुर के साथ इतने दिनों गृहस्थी बसाई, उनके पाँच पुत्र-पुत्रियों (या छह कहूँ?) की माँ बनी—उन्हें मैं जितना समझ पाई हूँ, वे और किसी भी लड़की से नोतुन बोउठान की तरह प्रेम नहीं कर पाए। मेरे पति के विलायत से लौटने के बाद ठीक-ठीक क्या हुआ था?

एक शब्द में कहूँ तो ठाकुरबाड़ी में नई जिजीविषा का ज्वार आ गया था।

रवि ठाकुर ने कविता, गीत और साहित्यिक चर्चाओं से सब भर दिया, बाढ़ ला दी।

उसी बाढ़ ने नोतुन बोउठान को जोड़ासाँको की ठाकुरबाड़ी के बिलकुल केन्द्र में ला प्रतिष्ठित किया।

और जो अब तक केन्द्र में थीं, ज्ञानदानन्दिनी, वे उसी बहाव में दूर छिटक गईं।

समस्त प्रकाशपुंज आन पड़ा कादम्बरी देवी के मुखमंडल पर। मेरे पति गीत लिखते, सुर देते, कविता लिखते—सब उन्हीं के लिए। और नोतुन बोउठान व्यंग्य करते हुए कहतीं—कितना भी क्यों न लिखो, बिहारीलाल की तरह लिखना तुम्हारे वश की बात नहीं। मेरे पति तब अपनी नोतुन बोउठान का मन जीतने की मंशा से बिहारीलाल का अनुकरण करके भी लिखते।

उनसे ही मैंने यह कहानी भी सुनी है—

"नोतुन बोउठान का व्यवहार बिलकुल विपरीत था। मैं सचमुच कभी थोड़ा लिखने-विखने में सक्षम हो पाऊँगा यह वे कतई मान नहीं पाती थीं। खाली उलाहने देतीं और कहतीं, ठाकुरपो, बिहारी चक्रवर्ती की तरह लिखने की ठीक ही कोशिश कर रहे हो, लेकिन वह तुमसे नहीं होगा। यह बात कहकर नोतुन बोउठान नजरें बचाकर हँसतीं। बड़ी शरारत भरी होती थी वह हँसी।"

लगता है, मेरे पति शनैः-शनैः यह समझ रहे थे कि उनकी नोतुन बोउठान इसी तरह उन्हें और भी अच्छा लिखने के लिए उत्साहित कर रही हैं।

उनके लेखन की प्रधान प्रेरक शक्ति नोतुन बोउठान ही थीं। लाड़ला देवर दोपहर में नोतुन बोउठान के पास लेटकर अपनी रचनाएँ सुनाता और हाथ-पंखे से नोतुन बोउठान हवा झलती रहतीं।

वह कहानी न जाने कितनी बार अपने पति के मुँह से सुन चुकी हूँ।

इस कहानी को सुनाना उन्हें अच्छा लगता था। नोतुन बोउठान को मानो आँखों के समक्ष देख पा रहे हों।

"मैं बिलकुल स्पष्ट देख पा रहा हूँ छोटी बहू, दोपहर के समय ज्योति दादा निचले तल के कचहरी-कक्ष में चले गए हैं। नोतुन बोउठान फलों के छिलके उतारकर, काटकर जतन से चाँदी की तस्तरी में सजा रही हैं। अपने हाथों तैयार की गई मिठाई भी थोड़ी साथ में रख रही हैं। कितनी सुन्दरता से उस पर थोड़ी गुलाब की पंखुड़ियाँ छिड़क देती हैं नोतुन बोउठान। साथ ही भेज रही हैं डाभ का पानी अथवा बरफ में ठंडा किया हुआ ताड़फल का गूदा। सबको एक रेशमी रूमाल से ढककर मुरादाबादी टोकरी में, नोतुन बोउठान रोज दोपहर ज्योति दादा के लिए जलपान भेज देतीं। उनका हृदय प्रेम से भरा हुआ था। ऐसे सहज-सरल प्रेम को प्रेम करनेवाला व्यक्ति उन्हें नहीं मिला। नोतुन बोउठान के जीवन का सबसे मार्मिक स्थल यही था, छोटी बहू।"

यहाँ एक बात बिना कहे रहा नहीं जा रहा है।

मुझे लगता है कि इनके नोतुन दादा—बड़े भैया—ज्योतिरिन्द्रनाथ धीरे-धीरे यह समझ रहे थे कि उनकी पत्नी से लाड़ला देवर प्रेम करने लगा है। और इस विषय में भी मुझे लगता है उनके मन में कोई सन्देह न था कि पत्नी को भी इस संसार में प्रेम करने योग्य एक पुरुष प्राप्त हुआ है।

वे एक अद्‌भुत व्यक्ति थे। हो सकता है कि उन्हें भीतर ही भीतर अपार कष्ट हुआ हो, फिर भी मेरे पति और अपनी पत्नी के बीच सम्बन्धों को और भी घनिष्ठ, और भी गम्भीर कर देने के पीछे भी वही हैं।

वे सब देख रहे थे, सब समझ रहे थे। फिर भी ऐसा नाटक लिखा जिसमें उर्वशी की भूमिका में अभिनय कर रही थीं नोतुन बोउठान और मदन की भूमिका में आपके रवि ठाकुर! यह तो आग में घी डालना था।

इस विचित्र व्यक्ति ने यहीं विराम नहीं लिया। उन्होंने और एक नाटक लिखा—'अलीक बाबू'। उस नाटक के भी नायक बने मेरे पति और नायिका बनीं नोतुन बोउठान। रोज दोपहर के समय पलंग पर लेटे-लेटे नोतुन बोउठान अपने देवर के साथ इस नाटक की रिहर्सल करतीं।

'अलीक बाबू' मैंने पढ़ा है। ज्योतिरिन्द्रनाथ ने अपनी पत्नी से उनके प्रिय देवर के लिए कहलवाया है—"मैं इस संसार के समक्ष, चन्द्र-सूर्य को साक्षी मानकर मुक्तकंठ से कहूँगी, लाखों बार कहूँगी, तुम ही मेरे पति हो, सैकड़ों बार कहूँगी, हजारों बार

कहूँगी, लाखों बार कहूँगी कि मैं ही तुम्हारी पत्नी हूँ।"

मैंने जितनी भी बार इन पंक्तियों को पढ़ा है मेरा कलेजा काँप उठा है। दैवयोग से मेरे विवाह के बहुत पहले यह ठाकुरबाड़ी में अभिनीत हुआ था।

अपने सामने होने से मैं सहन नहीं कर पाती।

बहुत कष्ट होता मुझे। लेकिन अब और नहीं होता। अब मन को भी जंग लग गई है।

मैंने तो इन पंक्तियों को केवल पढ़ा ही है।

तब भी यही लगा, ये सब नोतुन बोउठान के मन की बातें हैं। मेरे पति को भी अवश्य ही अच्छी लगी होंगी अपनी सबसे प्रिय जन के मुख से ये बातें। अभिनय हो सकता है, किन्तु वह तो समय विशेष के लिए होगा।

यह तो नितान्त अन्तर्मन की बातें थीं।

जो कह रहा है उसके लिए।

और जिससे कह रहा है उसके लिए भी।

ज्योतिरिन्द्रनाथ ने सब जानते हुए भी कैसे घटित होने दी ऐसी घटना?

वे क्या अपनी पत्नी से प्रेम कर ही नहीं सके?

जरा सा भी? तभी वे चाह रहे थे कि कोई दूसरा उन्हें प्रेम करे?

इस प्रश्न का कोई उत्तर कभी भी नहीं मिल सकेगा।

सिर्फ इस विषय में मैं आश्वस्त हूँ कि मेरे पति के जीवन में यदि नोतुन बोउठान की तरह कोई न आता, तो वे आज जो

कुछ भी हैं एवं परवर्ती समय में जो हो सकते हैं, वह वे नहीं हो पाते।

रवि ठाकुर के जीवन में मैं उनकी पत्नी हूँ, उनके पुत्र-पुत्रियों की माँ हूँ, उनके घर-गृहस्थी की परिचारिका हूँ।

नोतुन बोउठान तो उनकी प्रेम-पात्र हैं। उनकी प्रेरणा हैं। इतना समझ, स्वीकार कर लेने में असुविधा ही कहाँ है?

मेरे रवि ठाकुर का मन बिलकुल शरदकालीन आसमान की तरह है।

अभी बादल। अभी धूप।

अभी निर्भार। अभी गम्भीर।

उस दिन हम लोग जोड़ासाँको की ठाकुरबाड़ी में थे। वे दक्षिणी बरामदे में आरामकुर्सी पर बैठे थे। मैं फर्श पर बैठी थी, उनके पैरों के पास। मैं उस समय कुछ महीनों के गर्भ से थी। वे काफी हल्के-फुल्के मिजाज में थे। पूरा दिन लिखने में डूबा बीता था।

संध्या समय जाने क्या मन में आया, बरामदे में आ बैठकर बोले, "छोटी बहू, वो तुम जो गजा* की तरह एक मिठाई बनाती हो, मुझे बहुत ही अच्छा लगता है, क्या तो जाने नाम है उसका?"

मैंने कहा, "ऐलोझेलो! कब खाना चाहते हो बताओ, बना दूँगी।"

---

* गजा—मैदे की बनी कई परतोंवाली एक मिठाई।

मेरे पति ने कहा, "ऐलोझेलो! इतनी सुन्दर मिठाई का इतना बुरा नाम?"

मैंने कहा, "तुम एक उपयुक्त नाम दे दो, अब से ऐलोझेलो को उसी नाम से बुलाऊँगी।"

रवि ठाकुर ने तत्क्षण मुझे विस्मित करते हुए कहा, 'परिबन्ध'।

कहाँ तो 'ऐलोझेलो', कहाँ 'परिबन्ध'। परिबन्ध का मतलब क्या है? उन्होंने किंचित हँसकर कहा, नोतुन बोउठान से एक दिन कहा था, वे जब बाल बाँधकर आ खड़ी हुई थीं, तब कहा था, "बाँधा है जूड़ा तुमने नाना परिबन्धों से!—परिबन्ध माने विचित्रताओं का बन्धन, जैसे तुम्हारा ऐलोझेलो—कितने प्रकार की गजाओं का मिश्रण!"

मुझे नाम एकदम ही पसन्द नहीं आया। किन्तु स्वयं रवि ठाकुर ने नामकरण किया है—चुपचाप मान लिया।

केवल व्यंजनों के नाम ही नहीं, भोजन पकाने को लेकर भी तरह-तरह के प्रयोग करना मेरे पति को अच्छा लगता है।

मैं जस्सोर की लड़की हूँ। जस्सोर शाकाहारी भोजनों के लिए काफी प्रसिद्ध है। मैं तरह-तरह के शाकाहारी व्यंजन बनाना जानती हूँ।

मुझे ढाकाई व्यंजन सीखने का भी बड़ा शौक है। कोई व्यक्ति मुझे ढाकाई व्यंजन बनाना सिखाता है तो मैं उसे जस्सोर की व्यंजन-विधियाँ सिखा देती हूँ।

मेरे पति मेरे हाथों बने शाकाहारी भोजन की बड़ी प्रशंसा

करते हैं। उन्होंने कहा है कि इस एक मामले में मैं अद्वितीय हूँ। खासकर मेरे हाथों बनी मिठाई वे बड़े चाव से खाते हैं। यहाँ मैं विजयी रही। नोतुन बोउठान शायद बहुत अच्छी मिठाइयाँ बनाती थीं।

मेरे पति ने कहा है, इस मामले में मैं उनसे भी बढ़कर हूँ।

शान्तिनिकेतन में तब हमारे आवास के लिए अलग घर नहीं था।

हम लोग आश्रम की ही अतिथिशाला के दूसरे तल पर रहते थे। पाकशाला दूर थी।

रवि ठाकुर ने कहा, "पृथक कोई रसोईघर नहीं है; उस बाहरी बरामदे के एक कोने में चूल्हा रखकर तुम भोजन बनाना।"

मैं वैसा ही करती। छुट्टी के दिन मैं तरह-तरह की मिठाइयाँ बनाती। फिर उन्हें एक जालीदार आलमारी में रख देती। रथी जालीदार आलमारी को खोलकर चुपके-चुपके मिठाई खाता। मैं ओट से देखकर आनन्द विभोर हो जाती।

एक दिन आपके रवि ठाकुर ने परिहास करते हुए कहा, "छोटी बहू, देख रहा हूँ तुम्हारी वह जालीदार आलमारी मिष्ठान्नों का अक्षय भंडार है—लोभनीय चीजों से हमेशा भरा हुआ। मैंने देखा है कि रथी प्राय: ही अपने सहपाठियों के साथ तुम्हारे इस मिष्ठान्न-भंडार को लूटता रहता है।"

इस मिष्ठान्न भंडार के पीछे मेरे पति की विभिन्न इच्छाओं का योगदान भी कुछ कम नहीं है।

न जाने कितने प्रकार की नई-नई मिठाइयों की उनकी माँग रहती। मुझे उनकी वे सारी माँगें पूरी करनी होतीं।

एक दिन भोजन पका रही थी, हठात चौकी खींचकर पीछे बैठते हुए बोले, "मानकचूर की जलेबी बनाकर खिलाओ तो देखें। ठीक-ठाक बना लिया तो अच्छा ही होगा। फिर तो बंगालियों के घर-घर में तुम्हारा जयगान होगा।"

"मानकचूर जलेबी! क्या पागलों की तरह बोल रहे हो, बोलो तो? तुम्हारी यह जिद मैं पूरी नहीं कर पाऊँगी।"

"जिद नहीं छोटी बहू, फरमाइश कह सकती हो। तुमको बनानी ही पड़ेगी मानकचूर जलेबी।"

मैंने देखा रवि ठाकुर के चेहरे पर एक मृदु मुस्कान थी। उस मुस्कान ने मुझे उत्साहित किया। सच में सारी दोपहर लगकर मानकचूर जलेबी तैयार की।

"रथी, चखकर देखो तो कैसी बनी है?" उनको देने से पहले बेटे को दिया।

रथी ने कहा, "माँ, तुम प्राय: जो जलेबी बनाती हो ना, उससे भी अच्छी है।"

संध्या समय आपके रवि ठाकुर क्या तो लिख रहे हैं। एकदम डूबे हुए हैं। मैं, लिखते समय उन्हें तंग नहीं करती। बुलाने पर भी कई बार सुनते नहीं। लिखने की झोंक में वे खाना-पीना छोड़ देते हैं।

शुरू-शुरू में मैं बहुत नाराज होती थी। कोई असर नहीं पड़ा। अब और मैं नाराज नहीं होती। इस प्रसंग में एक बात बताऊँ। 'भारती' पत्रिका में विज्ञापन छप गया था कि आगामी महीने से उसमें रवि ठाकुर की रचनाएँ नियमित प्रकाशित होंगी। इधर मेरे पति को बताया ही नहीं गया था कि ऐसा कोई विज्ञापन दिया गया है। विज्ञापन छपने के बाद उन्हें पता चला। अब क्या होता?

रवि ठाकुर लिखने बैठ गए। खाना-पीना भूलकर एकरस लिखे जा रहे हैं। मेरी आफत हुई। इस व्यक्ति को खिलाऊँ तो कैसे? मेरी हिम्मत ही नहीं हो रही है उन्हें खाने के लिए कहूँ। कह ही दिया है कि मैं लिखने जा रहा हूँ, खाने के लिए मुझे बुलाना-उलाना नहीं। खाने बैठने से समय नष्ट होता है। इसके अतिरिक्त खाने के पश्चात परिश्रम करने की क्षमता भी घट जाती है, आराम करने की इच्छा होती है।

लेखकों को जहाँ तक सम्भव हो बिना खाए ही रहना चाहिए—यही लगता है, आपके रवि ठाकुर की मान्यता है।

एक के बाद एक कई दिन बिना खाए काट रहे हैं मेरे पति। भलीभाँति समझ रही हूँ, वे अस्वस्थ हुए जा रहे हैं। वे जब ऐसे एकतार लिखते हैं कैसे तो बदहवास से हो जाते

हैं। तब लगता है वे हमारे कोई नहीं हैं। वे हमारी बातें नहीं समझेंगे।

मैं केवल उनके लिखने की मेज पर कभी थोड़ा फल का रस, कभी शर्बत देकर आ जाती हूँ—बस। सब चुपचाप। उनके साथ दिनोंदिन मेरी कोई बातचीत नहीं होती।

इस तरह दिन-रात लगातार लिखकर उन्होंने एक नाटक पूरा किया। 'भारती' पत्रिका में धारावाहिक प्रकाशन के लिए।

नाटक का शीर्षक था, 'चिरकुमार सभा'। कितना मजेदार नाटक! तथापि खाली पेट लिखा गया।

रचना पूरी कर उसे लेकर वे कलकत्ता चले गए। दूसरे दिन ही मेरे पास खबर आई—जोड़ासाँको बाड़ी के तीसरे तल पर चढ़ते समय वे मूर्च्छित होकर सीढ़ी पर ही गिर गए। —कई-कई दिनों तक न खाने और लगातार लिखते रहने से उनका शरीर इतना ज्यादा दुर्बल हो गया था। फिर तो आत्मीय स्वजनों की चिट्ठियाँ मेरे पास आनी शुरू हो गईं। —मैं क्यों उनकी देखभाल ठीक से नहीं कर रही हूँ। मैंने भी स्पष्ट बता दिया, तुम लोग तो उन्हें जानते नहीं हो। खाने की बात जितना कहती हूँ उनकी जिद उतनी ही बढ़ती है। कैसे भी हो खाएँगे नहीं। न खाकर, कमजोरी से ही सीढ़ी पर सर घूमने से गिर गए हैं। अब हो सकता है खुद ही समझ आए। किसी का कहा माननेवाले इनसान तो वे हैं नहीं।

वैसे मैं इतनी भी अकुशल पत्नी नहीं हूँ कि किसी भी मामले में अपने पति पर अपना जोर न चला सकूँ। कभी-कभार वे मुझसे थोड़ा-बहुत भय भी खाते हैं।

हम लोग तब शान्तिनिकेतन में ही थे। खबर आई कि हमारी जोड़ासाँको बाड़ी के दो सफाई-सेवकों को प्लेग हो गया है। उसी समय उनके मित्र प्रियनाथ सेन ने उन्हें कलकत्ता जाने के लिए कहा था—शायद कोई विशेष कार्य था। मैंने कहा, "कलकत्ता में अभी प्लेग फैला है, हमारे मकान में भी दो लोगों को हुआ है, तुम जो भी करो लेकिन कलकत्ता अभी नहीं जाओगे।"

उन्होंने कहा, "विशेष प्रयोजन है, जाना ही होगा।"

मैंने कहा, "जाओ तो, देखती हूँ कैसे जाते हो।"

वे विस्मित हो कुछ क्षण मेरी ओर ताकते रह गए। तत्पश्चात मित्र को चिट्ठी लिखकर बताया, "तुमने तो मुझे कलकत्ता आने के लिए लिखा है—मैं भी कब से जाने जाने की कर रहा हूँ—किन्तु प्लेग के भय से पत्नी जाने नहीं दे रही हैं। इस स्थिति में किसी जरूरी कार्य का बहाना बनाकर भी मुझे मुक्ति मिलेगी ऐसी किंचित भी आशा नहीं है। प्रयास करके अन्ततः समर्पण कर दिया है। काफी समय हो गया है। अच्छा हो कि अब खाने जाया जाए। नहीं तो निर्दोष निरपराध तुम बेवजह पत्नी के विद्वेष के भागी बन जाओगे।"

कौन कहता है कि रवि ठाकुर पत्नी से डरते नहीं। या कि वास्तविकता यह थी कि वे स्वयं ही प्लेग के डर से कलकत्ता नहीं गए?

एक मामले में उनसे मेरी रोज ही कहा-सुनी होती थी। तात्कालिक दृष्टि से मामूली विषय होते हुए भी मेरे लिए यह तुच्छ न था।

यदि किसी दिन मेरी यह आत्मजीवनी सचमुच किसी प्रकाशक के हाथ लगी एवं सच में प्रकाशित हुई तो कम से कम स्त्रियाँ मेरे मन के इस कष्ट को समझेंगी। और रवि ठाकुर को कम से कम इस मामले में दोषी ठहराएँगी।

वे गृहस्थी बसाते हैं संन्यासी की तरह। कई विषयों में वे वैरागी नहीं हैं। किन्तु इस मामले में उनकी कोई रुचि ही नहीं है। गृहस्थी बसाने में तो कई तरह के सरंजाम-उपकरण लगते हैं। मैं किसी प्रकार की विलासितावाली चीजों की बात नहीं कर रही हूँ। उपयोगी सामग्री की बातें कर रही हूँ। इन सबको भी वे अप्रयोजनीय जंजाल समझते हैं। और फिर मेरी गृहस्थी तो यायावर की गृहस्थी है। आज शान्तिनिकेतन में तो कल कलकत्ता में। गाजीपुर में ही कुछ दिन स्थायी गृहस्थी थी, वही बस। उसके पश्चात वे कुछ दिन मुझे लेकर शिलाईदह की कोठीबाड़ी में रहे।

उसके बाद शान्तिनिकेतन के अतिथि-आवास में। बाहरी बरामदे में ही दिनोंदिन रसोई पका रही हूँ। वे मेरे पास मोढ़े पर बैठकर नए-नए व्यंजनों की फरमाइश किए जा रहे हैं। और जब मैं रसोई पका चुकी हूँ तब वे कहते हैं, "देखो तो, तुम लोगों का ही काम तुम्हें ही कैसे मैंने सिखा दिया।"

मैंने यह सब कुछ ही स्मित मुख से मान लिया है। नहीं मान पाई तो एक चीज।

आपके रवि ठाकुर जब गृहस्थी की चीजों को देख झल्लाते और अपना मिजाज खराब करते हैं, तब मुझे बड़ा गुस्सा आता है। मान भी होता है। सोचती हूँ, इस व्यक्ति के साथ गृहस्थी नहीं बसाई जा सकती।

एक जगह से दूसरी जगह पर गृहस्थी जमाने के लिए घरेलू चीजों को तो ढोना ही पड़ेगा।

हो सकता है कभी-कभार सर-सामान कुछ ज्यादा ही ले लेती हूँ। यह स्वभाव तो सभी स्त्रियों का होता है।

वे जहाँ भी जाएँ, अतिथि समागम तो होगा ही। बस, अतिथियों के आने पर उनके खाने-पीने आदि की व्यवस्था तो मुझे ही करनी होती है।

तब तो मालपुआ ले आओ, मिठाई ले आओ, चिउड़ा भून दो, निमकी तलो, कचौड़ी तलो।

और मेरे कवि-पति को कुछ जरा सा कम चलेगा भी नहीं। खानपान का इन्तजाम भरपूर होना चाहिए।

किन्तु बर्तन-वर्तन, सर-सामान न होने से यह सब तैयार

कैसे करूँ? कहाँ रखूँ? और परोसूँ भी तो कैसे?

लेकिन घरेलू चीज-बतुस को देखकर वे ऐसे बिदकते हैं! कौन उन्हें समझाए?

ऐसे ही खाने-पीने, अतिथि-सेवा के प्रसंग की एक घटना बताती हूँ। उससे ठाकुरबाड़ी का भीतरी परिदृश्य काफी स्पष्ट हो जाएगा। मैं भी, हो सकता है, थोड़ी सी वाहवाही पा जाऊँ।

इनकी एक काकी माँ हैं। छोटी काकी माँ। नगेन्द्रनाथ ठाकुर की पत्नी त्रिपुरासुन्दरी।

ये जोड़ासाँको की ठाकुर बाड़ी का जल ग्रहण नहीं करती थीं। वे हमारे घर का कुछ क्यों नहीं खाती थीं?

कारण, उनकी बद्धमूल धारणा थी कि इस घर में उनके खाने में विष मिलाकर उनकी हत्या की जा सकती है।

क्यों की जाएगी उनकी हत्या?

बाबा मोशाय उन्हें महीने का एक हजार हाथ-खर्च देते थे।

छोटी काकी माँ ने सोचा, बाबा मोशाय उनके खाने में विष देकर प्रतिमाह के इस हजार रुपए के खर्चे से मुक्त हो सकते हैं।

जो भी हो, छोटी काकी माँ मुझे बहुत स्नेह करती थीं।

एक दिन मैंने अपने हाथों से मिठाई बनाकर उनसे खाने का अनुरोध किया।

छोटी काकी माँ तो कैसे भी हो खाएँगी नहीं।

मैं भी छोड़ने वाली नहीं थी।

लाचार होकर अन्ततः उन्हें वह मिठाई मुँह में डालनी ही पड़ी। जल भी पीं। और एकदम जीवित रहीं।

इसके बाद से ही मेरे ऊपर काकी माँ का विश्वास बढ़ने लगा। एकमात्र मेरी बनाई मिठाई ही वे कभी-कभार खाती थीं। प्रायः पूरे जीवन लगभग सभी क्षेत्रों में मैं हारी हूँ, इसी एक जगह मैं विजयी रही।

हाँ, मेरी रसोई खाकर मेरे हाथों का चिउड़ा पुलाव, आम की मिठाई, दही का मालपुआ खाकर नाटोर के महाराजा जगदीन्द्रनाथ राय ने इतनी प्रशंसा की थी कि क्या कहूँ! यह भी तो एक प्रकार की जीत ही है, है न?

रसोई बनाने के लिए रसोई के सर-सामान, उपकरण तो लगेंगे ही। अतएव खर्चा तो है ही।

इस खर्चे के मामले में कभी-कभी मेरे पति बड़ी खिचखिच करते हैं। एक दिन बोले, "नीचे बैठकर लिखते-लिखते रोज ही सुनता हूँ कि घी चाहिए; सूजी चाहिए; चीनी, चिउड़ा, मैदा चाहिए; मिठाई बनानी होगी। जितना चाह रही हो उतना पा रही हो। खूब आनन्द है।

तुम्हारी जैसी गृहिणी होने से ही होता है, दो दिन में सब समाप्त।" मैंने प्रत्युत्तर में कहा था, "तुम गृहस्थी नहीं समझते, तो इधर तुम्हारी इतनी नजरदारी क्यों है?"

वे बड़े गम्भीर हो गए। सारा दिन बात ही नहीं की। मुझे मन में अपार कष्ट हुआ। लेकिन इस कष्ट की बात किससे कहूँ?

मेरे मन को और भी एक बड़ी पीड़ा पहुँची। मैं देखने में बहुत खराब हूँ। लेकिन भगवान ने मुझे जैसा गढ़ा है, उसके ऊपर तो मेरा कोई वश नहीं है।

मेरा गुस्सा अपने भाग्य पर है।

मेरा पति इतना सुन्दर क्यों हुआ!

उनके पास मैं और भी खराब दिखती हूँ। एकदम नहीं जँचता। उस समय मैं एकदम नई दुल्हन थी। सोचा, घर में खूब सज-धजकर रहूँगी। तब अपने इतने सुन्दर पति के बगल में मैं अन्ततः खड़ी हो सकने लायक हो पाऊँगी।

एक दिन थोड़ा सज-धजकर चेहरे पर रंग-रोगन लगाकर कमरे में ही थी।

दो-एक और भी लड़कियाँ कमरे में थीं।

अचानक आपके रवि ठाकुर कमरे में आए। सबने उनकी ओर देखा।

शरीर पर एक लाल शाल लपेटे। उफ! कितने सुन्दर दिख रहे थे!

मैंने कानों में दो झुमके पहन रखे थे।

आपके रवि ठाकुर ने एक बार सिर्फ मेरी ओर देखा भर।

मैंने तुरन्त दोनों हाथों से कान ढक लिए।

उन्होंने कहा, "असभ्य देश के लोग ही चेहरा चित्रित करते हैं। तुम क्या चेहरे पर रंग पोतकर असभ्य देश के लोगों की तरह बनना चाहती हो?"

तब से फिर कभी साज-शृंगार नहीं किया। नितान्त सीधे-सादे ढंग से ही जीवन के अट्ठाइस वर्ष काट चुकी हूँ। ठीक ही तो है, इच्छा होने पर भी आभूषण पहनूँगी तो कैसे?

मेरा तो अब कोई आभूषण है ही नहीं।

मेरे विख्यात पति ने शान्तिनिकेतन में विद्यालय की स्थापना की।

मैं तो केवल उनकी सहधर्मिणी ही नहीं हूँ।

उनकी सहकर्मिणी बनने की भी मैंने कोशिश की है।

छात्रों के खाने-पीने, देखने-सुनने का भार सब मेरे ऊपर। वे लोग घर छोड़कर, माँ-बहन सबको छोड़कर आश्रम में आ गए हैं।

वे लोग जिस चीज से मेरे पास मातृ-स्नेह पा सकें, बीमारी में सेवा-जतन पा सकें, दुख-तकलीफ में सहानुभूति पा सकें उसी ओर मेरी दृष्टि रही है।

जोड़ासाँको का परिवार छोड़कर, वहाँ की व्यवस्थित गृहस्थी छोड़कर शान्तिनिकेतन में आकर रहना मेरे लिए बहुत सुखकर नहीं हुआ।

मेरा एकमात्र आनन्द था छात्रों की सेवा-जतन करना। इसी तरह मैं आप लोगों के रवि ठाकुर के विद्यालय से ओतप्रोत भाव से जुड़ गई। और जब भी विद्यालय में अर्थाभाव होता, जब भी वे चाहते, मैं अपने आभूषण एक-एक कर खोलकर उन्हें बिक्री के लिए दे देती।

आभूषण भी मेरे पास कम न थे। सासू माँ के प्राचीन समय के भारी-भारी आभूषण। शादी में दहेज के रूप में भी बहुत आभूषण मिले थे।

सभी एक-एक कर बिक गए, शान्तिनिकेतन के विद्यालय का खर्च चलाने में। रह गई है केवल गले की यह चेन जो मैंने पहनी है, और हाथ में कुछ जोड़ी चूड़ियाँ।

हमारे आत्मीय स्वजनों ने मुझे इस बात के लिए बहुत फटकारा जो मैं अपने गहनों को बेचने के लिए राजी हुई।

मेरे पति को तो वे लोग गैर-जिम्मेदार मानते हैं। हम दोनों लोगों को ही विद्यालय को लेकर बहुत उपहास सहन करना पड़ा है। सच तो यह है, आभूषणों के लिए मुझे कोई दुख या अफसोस नहीं है। मेरे आभूषण जो उनके किसी काम आए हैं, इसी में मैं खुश हूँ।

जिस विद्यालय की आपके रवि ठाकुर ने स्थापना की है वह तो उनके समय विशेष के शौक की चीज नहीं है।

बहुत दिनों से उनके मन में शिक्षा का एक आदर्श स्वप्न निर्मित हो रहा था, इस विद्यालय की स्थापना कर आपके रवि ठाकुर ने उसी आदर्श को रूपायित करना चाहा था। उनकी

सन्तुष्टि के लिए मैंने उनकी पत्नी होने के नाते इस सामान्य त्याग को स्वीकार मात्र किया है।

मेरा एक ही दुख है—उनके लिए और कुछ ज्यादा, कुछ बड़ा नहीं कर पाई। उनके कर्म, उनके जीवन की प्रेरणा नहीं बन पाई।

देखिए न, कहाँ से कहाँ चली गई हूँ।

इतने बड़े एक लेखक की मैं पत्नी हूँ, पर अपनी ही बातों को समेटकर लिख नहीं पा रही हूँ।

खाली सूत्र खो जाता है।

याद है न, मैंने उनकी फरमाइश पूरी करने के लिए एक दिन मानकचूर जलेबी बनाई थी।

पहले बेटे रथी से कहा, "जरा चखकर देखो न बेटा, कैसी बनी है।" उसने तो कहा, "बहुत अच्छी बनी है, साधारणतया मैं जो जलेबी बनाती हूँ उससे भी स्वादिष्ट।" तब फिर हिम्मत करके मानकचूर जलेबी लेकर उनके लिखने के कक्ष में गई। मैंने कक्ष में प्रवेश किया, उन्हें भनक तक न लगी। ध्यानमग्न होकर लिखे जा रहे थे।

मैंने आहिस्ता से प्लेट उनकी मेज पर रखी।

उन्होंने क्षणभर को मेरी ओर देखा। फिर प्लेट की तरफ देखते ही जलेबी उठाकर मुँह में रख ली।

चेहरा देखकर ही समझ गई, अच्छी लगी है, बहुत अच्छी।

मात्र इतना बोले, "मानकचूर जलेबी तक साध लिया तुमने छुटकी।"

बस, और कुछ भी नहीं। केवल इतना ही।

मुझे कितना अच्छा लगा। कितना आनन्द मिला किस तरह समझाऊँ?

उस दिन वे सुबह से ही गम्भीर बने हुए थे।

कभी-कभी ऐसे ही—सुबह से ही खुद में ही डूबे रहते हैं।

मैं कमरे में आलमारी सजा रही थी।

वे खाट के ऊपर टेक लिए बैठे एक अंग्रेजी पुस्तक पढ़ रहे थे। अचानक पूछ बैठे, "छोटी बहू, तुमने मेरी 'राहूर प्रेम' (राहू का प्रेम) कविता पढ़ी है?"

मैंने कहा, "नहीं तो! तुम तो जानते ही हो, तुम्हारी अधिकांश कविताएँ ही मैं समझ नहीं पाती।"

वे कुछ देर चुप रहे। मैंने सोचा, इस प्रसंग में अब कोई बात वे शायद न करें।

सच बात कहूँ तो उनके साहित्यालोचना शुरू करने से मैं असहाय बोध करती हूँ, मुश्किल में पड़ जाती हूँ।

लेकिन थोड़ी देर बाद ही वे बोले, "'राहूर प्रेम' कविता बहुत बरस पहले लिखी थी। मेरी 'छवि ओ गान' (छवि और गान) पुस्तक में यह कविता है।"

"तुम्हारी इस 'राहूर प्रेम' कविता में है क्या?"

"उस कविता में मैंने अपनी बात नहीं की है, कही है नोतुन बोउठान के मन की बात।"

"नोतुन बोउठान के मन की बात? कौन सी बात?"

"कह सकती हो, नोतुन बोउठान ने ही सब कहा है उस कविता में। छोटी बहू, मैं जानता हूँ तुम्हारे मन में असंख्य प्रश्न हैं मुझे लेकर।

"उन सभी प्रश्नों के उत्तर शायद तुम्हें इस कविता में मिल पाते।"

"नोतुन बोउठान, कई बरस हो गए चली गई हैं। सब उन्हें भूल भी गए हैं। उनके मन की बात जानकर मैं क्या करूँगी?"

वे जैसे मेरी बात सुन ही न पाए हों, कहने लगे, "छोटी बहू, उस समय मैं रात-दिन पागल जैसा हो गया था। एक नशे की स्थिति में लिखी थी यह 'राहूर प्रेम' कविता। तब तुम यदि मुझे देखती तो यही समझती कि मैं कवित्व का पागलपन दिखाता फिर रहा हूँ। मुझे नहीं पता होता था कि मैं कहाँ जा रहा हूँ। एक अन्ध प्रेम ने मुझे ग्रसित कर लिया था।"

आपके रवीन्द्रनाथ इस बार बड़ी देर चुप रहे। मैं भी आलमारी सजाना बन्द करके उनकी ओर ताकती रही।

नहीं जानती क्यों, लेकिन मुझे बड़ा भय लगने लगा।

वे अचानक सीधे मेरी ओर देखकर बोले, "'राहूर प्रेम' कविता को नोतुन बोउठान के कंठस्वर में आज भी मैं सुन पाता

हूँ छोटी बहू—वे मुझे छोड़कर नहीं गई हैं, जाएँगी भी नहीं, कभी भी नहीं।"

इसके बाद वे कविता के कुछ अंश का स्मृति से वाचन करने लगे—वे तब मेरे कोई नहीं थे, वे तब केवल ही रवीन्द्रनाथ थे।

नोतुन बोउठान के मन की बातें मैं सुनने लगी उनके कंठस्वर से—

चाहो नहीं चाहो, बुलाओ ना बुलाओ,
निकट मेरे, रहो नहीं रहो,
जाऊँगा साथ-साथ, रहूँगा पास-पास
घुल-मिल तब देह में
यह विषाद घोर, यह तिमिर मुख
हताश निःश्वास, यह भग्न उर
भग्न वाद्य-सम बाजेंगे केवल
साथ-साथ दिन-रात।
नित्यकाल का संगी रे मैं, मैं रे जो तेरी छाया—
अद्भुत से उस रुदन में, अद्भुत से उस हास्य में
देखोगे जब भी कभी पाओगे पास में
कभी सम्मुख, कभी पार्श्व रहेगी मेरी तिमिर काया।
गम्भीर रातों में एकाकी बैठोगे जब मलिन प्राण
विस्मित हो देखोगे उस पार
मैं भी हूँ बैठा तुम्हारे ही पास
याचना की दृष्टि से ताकता तुम्हारा मुखमंडल।

वे रुके, आपके रवीन्द्रनाथ।

इन्हें मैं पहचानती नहीं। उनकी आँखों की ओर देखकर लगा वे भी मुझे नहीं पहचानते।

वे मेरे कोई नहीं हैं।

मैं भी उनकी कोई नहीं हूँ।

अन्य एक प्रेम उन्हें राहू की तरह ग्रसे हुए है सब समय। वह स्त्री आज भी उन्हें छोड़कर नहीं गई है। कभी भी छोड़कर नहीं जाएगी।

मैं घर से निकलकर अँधेरे बरामदे में चुपचाप खड़ी रही।

मुझे भयानक भय लग रहा है कि कहीं...

किन्तु किससे कहूँ अपने उस भय की बात।

ये बातें मैं नहीं भी लिख सकती थी। इस दिन की घटना विषयान्तर सी आ गई।

किन्तु बिना बोले भी रहा नहीं गया।

मैंने तो सत्य ही एकजन के साथ गृहस्थी बसाई, उनके पुत्र-पुत्रियों की माँ हुई। तथापि वह दूसरे का ही होकर रहा—ऐसे एकजन का जो इस पृथ्वी पर ही नहीं है, तब भी वह है—मेरे और उनके बीच।

किसी भी दिन वह जाएँगी नहीं।

उनके बोध से हम दोनों लोगों की ही मुक्ति नहीं है।

अँधेरे बरामदे में खड़े रहकर मैंने महसूस किया कि वह अँधेरे के साथ अशरीरी अन्धकार बन घुली हुई हैं।

और तभी याद आई, एक दूसरे दिन की कहानी—अपने

पति के मुँह से सुनी बात। उनकी तरह बनाकर तो नहीं कह पाऊँगी। निहायत रोजमर्रा की बातों को भी वे कितने सुन्दर ढंग से कहते हैं।

मैं अपने ढंग से, और जब याद पड़ेगा बिलकुल हूबहू, उनकी तरह भी, मिला-जुलाकर कहती हूँ—कुछ असम्बद्धता भी हो सकती है। किन्तु बरामदे में अँधेरे में खड़े हुए आकाश की ओर ताकते उनकी ही बात—माने नोतुन बोउठान की भयानक उस दिनवाली बात ही याद आ रही है।

वे जब लिखते हैं, अथवा गीतों को सुर देते हैं, मैं उनके आसपास भी नहीं फटकती। उस दिन जाने क्या मन में आया, अचानक उनके कक्ष में गई, तब विवाह के यही कोई चार बरस बाद हमारी गृहस्थी गाजीपुर में जमी थी।

वे मुझे अपने पास पा लिखना रोककर बोले, "बहुत दिनों से इच्छा है कि पश्चिमी भारत में कहीं छोटा-सा डेरा डालकर भारतवर्ष के विराट अतीत युग का स्पर्शलाभ करूँ।"

मैं उनकी बातों को यथातथ्य समझ नहीं पाई। और यह बात निश्चित ही मेरे हाव-भाव से प्रकट हो चली थी।

मेरे पति ने कहा, "बाल्यकाल से ही पश्चिमी भारत मेरी रोमांटिक कल्पनाओं के संसाधन जुटाता रहा है। छूटी, (कभी-कभार मुझे छूटी कहकर भी बुलाते हैं। छोटी बहू से छुटकी, छूटकी से छूटी), इतने देश होते हुए भी गाजीपुर ही क्यों? दो कारण हैं। सुना था कि गाजीपुर इतना विख्यात है अपने गुलाबों की खेती के लिए। मैं मन ही मन गुलाबविलासी सरताज होकर

गाजीपुर आया हूँ। किन्तु आकर देखता हूँ यह तो व्यवसायियों के गुलाब की जमीन है। यहाँ बुलबुलों का आमंत्रण कहाँ है? और जहाँ बुलबुल नहीं हैं, वहाँ कवि क्या करेगा? और जिस कारण से गाजीपुर में डेरा डाला था वह मेरी यह सोच थी कि यहाँ भारतवर्ष के महिमामंडित इतिहास के हस्ताक्षर पाऊँगा। लेकिन कहाँ है उसकी छाप? वैसा कुछ भी तो नहीं है।"

"तब तो गाजीपुर तुम्हें वैसे अच्छा नहीं लगा होगा, है न?"

"छोटी बहू, मैं ठीक वैसा कहना नहीं चाह रहा था। मेरी आँखों में गाजीपुर का चेहरा श्वेत वस्त्रधारी विधवा की तरह बिम्बित हुआ है। —वह भी किसी बड़े घर की विधवा नहीं।"

"तब फिर चलो, जोड़ासाँको बाड़ी लौट चलें। मेरा भी यहाँ मन नहीं लग रहा है। फिर भी एक चीज अच्छी है, यहाँ तुम्हें अकेला पा रही हूँ।"

मेरी बातों के उत्तर में उन्होंने कहा, "अकेला देखना और अकेला पाना एक चीज नहीं है, छोटी बहू।"

मैं बिलकुल ऐसी ही बात समझकर उत्तर नहीं दे पाई। तभी चुप लगाकर रह गई।

उन्होंने कहा, "यह बात ठीक है, गाजीपुर की आगरा-दिल्ली के साथ तुलना करना ठीक नहीं होगा। और फिर सिराज-समरकन्द के साथ भी तुलना नहीं हो सकती। तब भी छोटी बहू, गाजीपुर के प्रति मैं ऋणी हूँ। क्यों, जानती हो?"

"क्यों जी?"

"क्योंकि गाजीपुर के अबाध अवकाश के बीच मेरा मन

निमग्न हो सका। मनोराज्य में स्वाधीनता आई। ऐसी अवस्था में मेरी काव्य-रचना का एक अभिनव पर्व स्वत: उद्‌घाटित हो गया। यह जो इतने बड़े बंगाल में हूँ, गंगा की धारा भी है, और फिर बिलकुल गंगा की धारा भी नहीं प्राय: मीलों तक का तट बिखरा हुआ है, किनारे जहाँ जौ, चना और सरसों के खेत हैं। मैं कमरे की खिड़की पर बैठे देख पाता हूँ सुदूर गंगा की जलधारा। रस्सी में गुँथी नौकाओं का मन्थर गति से चलना। झाड़ियों के घने झुरमुट से तैरती आती कोयल की कूक। मुझे विशेष प्रिय लगती है प्रचंड तपती दोपहरी की क्लान्त बयार। तुमने क्या कभी गौर से देखा है छोटी बहू, पश्चिमी कोने के उस महानीम वृक्ष को? उसकी प्रशस्त छाया के नीचे बैठनेवाली जगह को? मैं देखता हूँ। केवल ताकता रहता हूँ, और मेरा मन बड़ी दूर के अतीत में चला जाता है। ऐसा ही गंगा का किनारा, प्रचंड तपती दुपहर, बिलकुल ऐसा ही एक नीम का पेड़—उसकी प्रशस्त छाया के नीचे—जहाँ नोतुन बोउठान के साथ चन्दननगर में कितना समय काटा है मैंने।"

उनकी बातें सुनकर मेरी छाती धक् से हो गई। चार साल पीछे जाकर भी वे गाजीपुर में हम लोगों के साथ उपस्थित हैं। और मैं सोच रही हूँ कि विवाह के चार बरस बाद यह पहली बार घर-परिवार के कोलाहल से दूर अपने पति को अकेले मैं पा रही हूँ। वे और मैं। और कोई भी नहीं है।

हमारी बड़ी बेटी बेली तभी धीमे-धीमे कदमों से कक्ष में आकर मेरा आँचल पकड़कर खींचने लगी। मैंने उसे गोदी में

उठाकर अपने पति से पूछा, "अपने नए काव्यग्रंथ को क्या नाम दिया है?"

"मानसी।"

"किसे समर्पित किया है?" बिना पूछे रह नहीं पाई मैं। उन्होंने कहा, "वही उसको, जो नहीं है तब भी है, मेरे सब कुछ में व्याप्त है। क्या लिखा है जानती हो?"

मेरे कंठ से एक भी शब्द नहीं फूटा।

आपके रवीन्द्रनाथ इस समय मुझे बड़े अपरिचित व्यक्ति दिखे।

वे बोले—

उन सबके सब आनन्द-क्षणों को, कर
रखूँ प्राणों के सर्वश्रेष्ठ मन के सम।

मैं काफी देर तक निःशब्द रही। वे भी चुप रहे। मेरे हृदय में पीड़ा होने लगी।

कुछ देर बाद रवि ठाकुर बोले, "छोटी बहू, मैं जानता हूँ तुम्हें कविता पढ़ना उतना अच्छा नहीं लगता, तब भी 'मानसी' की प्रथम कविता की कुछ पंक्तियों को तुम्हें सुनाने की इच्छा हो रही है। अपने मन की यह वेदना तुम्हारे साथ बाँट लेना चाहता हूँ—

"केवल सुधि आती है उस हँसते चेहरे की
लज्जा में अवगुंठित सुहाग-वाणी की
याद आता है नयन-कोर में उमगा वह हृदय-उच्छ्वास
तुम जो भूले, भूल गया मैं, तभी भूल आया हूँ
इस तरह क्योंकर कटेगी यह माघवी रात?

दक्खिनी बयार बहे, कोई नहीं पास मेरे संगी-साथी!
चतुर्दिक गूँजे वंशी की तान
जो हैं सुखी वो गाएँ गान—
व्याकुल वातास में मादक सुवास, खिले फूल,
फिर भी क्या चाहेंगे नहीं सिसक कोई आये यदि यहाँ भूल?"

मैंने एक शब्द भी नहीं कहा। उन्होंने समझा, मैं तो कविता समझती नहीं हूँ। बेली को गोदी में लेकर मैं चुपचाप कक्ष से बाहर आ गई।

वे जब स्नान करने गए, मैं वापस उनके लिखने के कक्ष में आ गई।

चारों तरफ सन्नाटा था।

केवल बाथरूम में पानी की आवाज आ रही थी।

और सुदूर से बहती आ रही थी कोकिल की कूक। मैं स्वयं को बड़ा अपराधी महसूस कर रही थी, फिर भी एक कार्य किया—उनकी कविता पुस्तिका को छिपकर देखने लगी।

एक पन्ने पर केवल ये कुछ पंक्तियाँ थीं—बड़ी जल्दबाजी में लिखी गईं, जहाँ वे कह रहे हैं अपने जीवन की गोपन प्रेम कथा। बाद में हो सकता है, वे किसी बड़ी कविता में इन कुछ पंक्तियों को जोड़ देंगे—

गोपन प्राणों का प्रेम
पवित्र वह कितना!
अँधेरे हृदयतल में माणिक सम

जाज्वल्यमान,
प्रखर आलोक में दिखता काले
कलंक समान॥

उनकी कविता पुस्तिका पर मेरे नयनों के नीर ढुलक पड़े।
गनीमत थी कि किसी अक्षर पर नहीं गिरे।
मैंने पोंछ दिया।
वे जान भी नहीं पाएँगे।

ये जो नोतुन बोउठान और मेरे पति, दोनों ने मिलकर घर की छत पर उनका नन्दनकानन तैयार किया, उसका एक गूढ़तर स्वरूप है।

वह केवल एक उपवन नहीं है।

वह उन दोनों लोगों के सम्बन्धों का उपवन है। उसी उपवन के मध्य अपने गोपन प्रेम की उन लोगों ने घोषणा की थी। प्रेम क्या कभी गोपन रखा जा सकता है? नहीं रखा जा सकता। यह तो मेरे पति का कथन है। गोपन बातें तो आँखों की चितवन से जाहिर हो जाती हैं।

एक दिन मुझे भी कहा था, "अपनी अनेक कविताओं और गानों में मैंने अपने गोपन प्रेम को व्यक्त किया है। इस गोपनीय बात को तो गोपन रखा ही नहीं जा सकता छोटी बहू।"

जो बात मैं कह रही थी, उस नन्दनकानन के बीच उनके आदान-प्रदान, सम्पर्क और भी प्रगाढ़ हुए।

शाम होते ही नोतुन बोउठान नहा-धोकर, बाल बाँधकर

प्रियतम ठाकुरपो के साथ छत पर जातीं। नन्दनकानन में बिछती चटाई और तकिया।

नोतुन बोउठान चाँदी की तश्तरी में भीगे रूमाल से ढककर बेली फूलों की माला रखतीं।

और अपने अधरों को अरुणाभ करने के लिए कटोरी में सुगंधित पान रखतीं।

अपने पति के मुँह से ही सुना है—

"नोतुन बोउठान के लिए, केवल उनको सुनाऊँगा इसलिए मैं नए-नए गीत लिखता। मेरे भीतर जैसे प्रेमगीतों की बाढ़ सी आ गई थी। नन्दनकानन में तीव्रवेग से दक्षिणी बयार बहती। नोतुन बोउठान अपना आँचल और बाल सँभालने में व्यस्त हो जातीं। और दक्षिणी पवन के समक्ष पराजय स्वीकार करने की उनकी वह हँसी मुझे याद आती है—किन्तु सुन्दर दिखती थीं वे। उनकी हँसी मानो आकाश में तारों के रूप में खिल उठती। वे बोलतीं, क्यों ठाकुरपो, आज मुझे नया गीत नहीं सुनाओगे? मैं भी तत्क्षण नोतुन बोउठान को अपना नया गीत सुनाता—विहाग के सुर पकड़ता—

"मधुर मिलन / हँसी में मिली है हँसी / नयन से नयन।
मर्मर मृदु वाणी, मर्मर मर्म, कपोलों पर मली हँसी
सुमधुर शर्म—नयनों में स्वप्न।
तारों की दिप दिप ज्योति, टहनी टहनी भर फूल
नि:शब्द पवन के झोंके आहिस्ता जाते झूल

गूँथी माला कर लेकर, लुक छिप छिप आतीं सखियाँ
जब द्वार निहारें तेरा
हँस लोट पोटती बगिया।"

गाने को पूरा ही गाया आपके रवि ठाकुर ने। उसके बाद जैसे स्वयं से ही ठट्ठा करते हुए वे गाने लगे—"आ मरि-मरि।" मैं तो अवाक थी। कितने दिनों पहले का लिखा गीत, अभी भी याद है! इस गाने को तो कभी किसी को गाते भी नहीं सुना।

कुछ पल का अवकाश लेकर वे बोले, "समझी छोटी बहू, तब गीत कहने से ही गीत आ जाता था मन में। सुर भी साथ में आता था। इक्कीस-बाईस वर्ष में लिखा है ना, बहुत अपरिपक्व है। किन्तु गीत में उस नन्दनकानन का परिवेश और नोतुन बोउठान की हँसी व्याप्त है। और व्याप्त है उनके आँखों की माया और लज्जारसिक सुमधुर रूप। बिलकुल कैमरे की तरह। तसवीर में मैं भी हूँ—वही जो, हँसी में मिली हँसी, नयनों से नयन।"

अपने हृदय की तमाम हलचलों का गला दबाकर मैंने पूछा, "इतना सुन्दर गीत सुनकर नोतुन बोउठान ने क्या कहा?"

"उन्होंने विशेष कुछ नहीं कहा। एक पागलपन कर बैठीं। गूँथी माला को भीगे रूमाल के अन्दर से निकालकर मेरे गले में पहना दिया और हँसकर बोलीं, आज स्वीकार करती हूँ ठाकुरपो, तुम बिहारीलाल से कहीं बहुत बड़े कवि हो।"

मैंने कहा, "नोतुन बोउठान आखिरकार तुम्हें यह कहने के

लिए बाध्य हुईं कि बिहारीलाल चक्रवर्ती से तुम बड़े कवि हो—यह तो तुम्हारी बहुत बड़ी विजय थी। तुमने भी निश्चित ही आनन्द विभोर हो उन्हें कुछ न कुछ तो दिया ही होगा।"

उन्होंने काफी देर तक मेरे प्रश्न का उत्तर नहीं दिया। ऐसा लगा, वे कुछ एक, गम्भीर कुछ, सोच रहे हैं। मैं कमरे से बाहर जा रही थी। उन्होंने हठात् मुझे बुलाकर कहा, "उस माला को मैंने अपने पास काफी दिनों तक रखा था। सारे फूल सूखकर काले हो गए थे। तब भी वह माला मेरे पास मौजूद थी—इतना सा भी नष्ट नहीं हुई थी। कितने बसन्त, कितनी वर्षा, कितने शरद मैं नोतुन बोउठान के कितने पास था, कितनी सुबह, दोपहर, शाम उन्होंने मुझे कितने रूपों में देखा है, सत्रह वर्षों तक मुझसे न जाने कितना प्रेम किया है, न जाने कितने सुख-दुखों से हम दोनों एक साथ गुजरे हैं, सत्रह वर्षों तक मेरा जीवन उनकी प्रत्येक पुकार पर हाजिर था—यह समस्त कुछ हमारा मिलना-जुलना, प्रेम, अपना सर्वस्व देकर वह एक माला गूँथकर नोतुन बोउठान ने उस दिन मेरे गले में पहना दिया था।"

मैं दरवाजे के पास चुपचाप खड़ी थी।

वे भी बात को विराम देकर नि:शब्द खड़े रहे।

केवल घड़ी की सूइयों की आवाज सुनाई दे रही थी।

मैंने पूछा, "माला अभी भी है?"

वे बोले, "नहीं छोटी बहू, माला अब नहीं है। वह नोतुन बोउठान के साथ ही चिता में नि:शेष हो गई।"

उस समय मेरा, रवि ठाकुर की पत्नी होने में, दो बरस देरी थी। मेरी उम्र उस समय सात साल कुछ महीने थी। मैं तब जस्सोर जिले के फूलतूली ग्राम के एक गरीब परिवार की बेटी भवतारिणी थी। हमारे गाँव के आसपास प्राय: एक कोस की दूरी पर भी कोई विद्यालय नहीं था। मैं पास की ही एक पाठशाला में कक्षा एक तक पढ़ी हूँ। उसके बाद लोकनिन्दा के भय से पढ़ाई बन्द हो गई।

उस समय वर्ष 1881 में रवि ठाकुर की उम्र बीस वर्ष थी और नोतुन बोउठान की बाईस।

रवि ठाकुर की नई पुस्तक प्रकाशित हुई। नाम था 'भग्न हृदय'। इस पुस्तक को मैंने विवाह के कई वर्षों बाद पहली बार देखा। देखा, उत्सर्ग की जगह पर लिखा हुआ है, 'श्रीमती हे!'

कौन है श्रीमती हे?

किसी अजीब से रहस्य की गन्ध मुझे मिल रही थी। कौतूहलवश प्रश्न पूछ बैठी थी।

वे सम्भवत: थोड़े परेशान ही हुए थे। बोले, "सभी बातें सभी को नहीं बतानी चाहिए।"

मैंने कहा, "मुझे भी नहीं बतानी चाहिए?"

वे बोले, "बताने से भी समझोगी नहीं। तब भी अगर जानना ही चाहती हो तो सुनो, हे है 'हेमांगिनी'।"

"हेमांगिनी! वह कौन?"

"हेकेटि और हेमांगिनी सब एकाकार हो गई हैं।"

"समझ नहीं पा रही हूँ, थोड़ा खोलकर कहो ना बापू।"

"हेकेटि एक रहस्यमयी देवी है। और हेमांगिनी है नोतुन दादा की लिखी 'अलीक बाबू' नाटक की नायिका। इन दोनों चरित्रों के बीच घुली-मिली हैं नोतुन बोउठान।"

इससे ज्यादा कुछ उन्होंने उस दिन मुझसे भी नहीं कहा। शेष कहानी भी मैंने थोड़ी-थोड़ी जुगाड़ कर जोड़ ली है। पहले भी यह बात मैंने कही है। लेकिन जो नहीं कहा है, उसे ही अब कहने जा रही हूँ।

लिखने में बहुत खराब लग रहा है। फिर भी लिख रही हूँ। क्यों लिख रही हूँ, यह नहीं मालूम। मेरे जीवित रहते इस लिखने की बात को कोई नहीं जान पाएगा।

मेरी मृत्यु के बाद यदि किसी दिन कोई खोज भी निकाले इस लिखे को...तो भी किसी दिन प्रकाशित होगा, यह उम्मीद मैं नहीं करती। ठाकुरबाड़ी की जो रीति है, उसके अनुसार यह लेखन, यह अप्रिय सत्य, जल-बरकर खाक हो जाएगा।

मेरे पति के विलायत से लौटने के पश्चात नोतुन बोउठान में जिस जिजीविषा का उफान आया, जिस प्रकार दोनों लोगों का मिलना-जुलना, घनिष्ठता शुरू हुई, वह ठाकुरबाड़ी में कइयों की नजर में आया।

विशेष रूप से मेरी मझली जेठानी ज्ञानदानन्दिनी की आँख में खटका। वे अथवा मझले भसुर किसी एक ने यह बात बाबा मोशाय के कान में डाली होगी, ऐसी मेरी धारणा है। बाबा

मोशाय तो किसी प्रकार की उत्तेजना अथवा आवेग प्रकट नहीं करते। उन्होंने चाहा कि रवि को तत्काल फिर से विलायत भेज दिया जाए। उनका फिर से विलायत जाने का सब बन्दोबस्त कर दिया गया।

नोतुन बोउठान तक बात पहुँचने में देरी न हुई।

रवि फिर उन्हें छोड़कर चले जाएँगे?

फिर से उसी एकाकी जीवन की यंत्रणा? फिर से ठाकुरबाड़ी के महिला-महल के वही अत्याचार?

इतने बड़े घर में उनका प्रिय देवर ही तो केवल मात्र उनकी वेदना को समझता है।

बाल्यावस्था से ही अपने मन की बात कहने के लिए और तो कोई नहीं है। डेढ़ वर्षों के बाद लौटकर रवि ही तो उनका एकमात्र अवलम्बन बन गया है।

रवि को छोड़कर रहना अब और उनके लिए सम्भव नहीं है।

नोतुन बोउठान ने आत्महत्या करने की कोशिश की। किन्तु उनकी वह प्रथम चेष्टा व्यर्थ हुई।

उनकी असफल आत्महत्या की कहानी कई रूपों में फैलने लगी। इस प्रकार की एक मुखरोचक कथा को ठाकुरबाड़ी के महिला-महल ने कई रंग प्रदान किए। निस्सन्देह बाबा मोशाय भी वे सारी कथाएँ जानते थे।

मैं निश्चित हूँ, नोतुन बोउठान की आत्महत्या करने की चेष्टा के कारण उनके साथ मेरे पति के सम्बन्ध को लेकर और ज्यादा कानाफूसी शुरू हो गई। नोतुन बोउठान अब और अधिक

दिन जोड़ासाँको की बाड़ी में नहीं रह पाईं। कहाँ जातीं वे?

उनका तो कोई पितृगृह भी नहीं था।

स्वाभाविक तौर पर ज्ञानदानन्दिनी का दबाव ज्योतिरिन्द्रनाथ पर आ पड़ा—नोतुन देवर जी, कुछ दिन के लिए पत्नी को लेकर कहीं घूम आओ। इस घर में अभी तुम लोगों का कुछ दिन न रहना ही उचित है। मामला थोड़ा दब जाए। तब फिर वापस चले आना। मुझे तो लगता है कि बाबा मोशाय ने ही नेपथ्य से मेरी मझली जेठानी को नोतुन बोउठान को उनके पति के साथ कहीं भेज देने के लिए कहा था। वे चाहते थे कि नोतुन बोउठान के साथ उनके पति का सम्पर्क काफी मजबूत हो।

उन्हें फिर से विलायत लौट जाना होगा यह बात मेरे पति भलीभाँति समझ पा रहे थे। समझ पा रहे थे कि नोतुन बोउठान के साथ उनके सम्बन्ध को तोड़ दिया ही जाएगा—आज नहीं तो कल।

बैरिस्टर होना ही होगा। जाओ विलायत जाओ, कानून की पढ़ाई की तो, केवल गीत, कविता लिखने और घर में बैठे रहने से नहीं होगा। —रवि ठाकुर को तो लगभग आदेश दिया गया। आदेश दिया उनके मझले दादा और मझली भाभी ने। उनके मन में भी तो कम तकलीफ नहीं हुई यह सोचकर कि नोतुन बोउठान को छोड़कर फिर से चले जाना होगा। नोतुन बोउठान अपने रवि को छोड़कर नहीं रह पाएँगी, वे चाहे जहाँ भी अपने पति के साथ जाएँ, यह बात भी प्रियतम देवर ने महसूस की थी।

और वही बात तो वे निष्कपट, बिना लिखे नहीं रह पाए 'भग्न हृदय' के समर्पण में—उन्होंने लिखा है, मैंने न जाने कितनी बार पढ़ा है इन पंक्तियों को, पीड़ा पाना अच्छा लग रहा था, तभी पढ़ती थी—

आज सागर किनारे खड़े होकर
तुम्हारे पास,
दूसरी ओर मेघाच्छन्न
अन्धकार देश है।
दिवस का अवसान जब, उस देश
जाना ही होगा,
इस पार छोड़ जाऊँगा
अपनी तपती शशि को—
शेष होंगे गीत-गान
अवसाद में प्रियमान के।
सुख शान्ति अवसान—
रोऊँगा बैठ अन्धकार में।

मैं समझने का प्रयास कर रही हूँ कि उस समय मेरे पति की मनःस्थिति बिलकुल कैसी थी?

जो अपना सम्पूर्ण जी-जान देकर अपनी नोतुन बोउठान को प्रेम करता है। जिसकी नोतुन बोउठान भी उससे बहुत प्रेम करती हैं। उनके जीवन में 'प्रथम प्रेम' कहकर किन्तु यही प्रेम ही है। उनमें जबरन विच्छेद की स्थितियाँ पैदा की जा रही हैं।

इसके अलावा उपाय भी क्या है? यह असामाजिक सम्बन्ध दोनों को किसी सर्वनाश की दिशा में ले जाएगा? हो सकता है कि सम्पूर्ण परिवार को ही?

नोतुन बोउठान को छोड़कर वे जो जाने को बाध्य हो रहे थे, उनके मन की अवस्था उस समय कैसी थी? लेकिन मेरे पति ने कुछ भी छुपाया नहीं। उनके मन में डर था कि उनके साथ उनकी नोतुन बोउठान का अब फिर कभी साक्षात्कार नहीं होगा। उन्हें छोड़कर उनकी 'प्रेम बोउठान' बचेंगी नहीं—इस विषय में वे बिलकुल निश्चित थे। इसके बाद, वे भी शायद अब और नहीं लिखेंगे। लिखें भी तो, उस लिखने के लिए उनकी नोतुन बोउठान के हृदय की छाया नहीं होगी, उनके प्रेम का आश्रय नहीं होगा। वे केवल चाह रहे थे थोड़ा सा रोना—अपनी नोतुन बोउठान की आँखों के अश्रु। यह रचना जब छपकर प्रकाशित हुई, तब सभी समझ रहे थे। मेरे पति को क्या जरा भी भय न लगा? मेरे पति ने क्या बिलकुल टूटकर नोतुन बोउठान को प्रेम किया था! अचेत न होते तो यह जानकर भी कि इसको सभी देखेंगे, पढ़ेंगे, वे कैसे लिख पाए इस तरह—

स्नेह के अरुणालोक में
खोलकर हृदय प्राण।
इस पार खड़ी है वह देवी,
गाऊँ जो शेष गान
तेरे ही मन की छाया
वह गान ढूँढ़ता आश्रय—

कुछ अश्रुबूँद नयनों की तेरे
करके दान।
आज विदा दो
फिर क्या दर्शन होंगे—
पाकर प्रेम प्रकाश
हृदय गाएगा गान?

ऊपर-ऊपर एक झीना आवरण है। प्रेम का आवरण। किन्तु वह तो साग से माछ ढकना था। सबको जो समझना था, निश्चय ही वही समझ रहे थे।

लेकिन वे विलायत नहीं गए।

नहीं गए मतलब जा ही नहीं पाए।

नोतुन बोउठान के प्रति मन:स्थिति को सँभाल नहीं पाए। इसके अलावा उनके मन में डर था, नोतुन बोउठान उनके बिना जीवित नहीं रह पाएँगी। पुन: आत्महत्या करने का प्रयास करेंगी। तभी जहाज के मद्रास पहुँचते ही वे जहाज से भाग गए। यही कहा जाएगा।

वे एकदम सीधे चन्दननगर पहुँच गए। वहीं नोतुन बोउठान को लेकर उनके पति रह रहे थे। मेरे पति वहाँ अचानक हाजिर हो गए।

नोतुन बोउठान ने आशा ही नहीं की थीं कि उनके रवि जहाज से भागकर उनके पास चले आएँगे। उस पुनर्मिलन की कथा मैंने

अपने पति के ही मुँह से सुनी है। जितना याद है उनकी भाषा में ही लिख रही हूँ—

"मैं तो लौट आया मद्रास से। वह लौट आना निष्फल नहीं गया छोटी बहू। नोतुन बोउठान उस समय ज्योति दादा के साथ तेलनीपाड़ा के बनर्जियों की बागानबाड़ी में थीं। पहुँचकर देखता हूँ कि ज्योति दादा अपनी ही दुनिया में हैं। और नोतुन बोउठान निपट एकाकी हैं। मुझे वापस पाकर वह कितनी खुश हुई थीं! पुन: गीतों और कविताओं से उन्हें भर दिया। जानती हो छोटी, तब गंगा तैरकर इस पार से उस पार हो जाता था। नोतुन बोउठान देखकर भय से सिहर उठती थीं। और जो मेरे लिए इतना उद्विग्न हो रही है, उस लड़की को देखकर मुझे बड़ा अच्छा लगता। मैं तैरते-तैरते इतनी दूर निकल जाता कि वह मुझे और देख भी नहीं पातीं, और तब यह सोचकर कि मैं डूब गया हूँ, वे रोना-धोना शुरू कर देतीं। अभी सोचता हूँ कि नोतुन बोउठान को इतनी तकलीफ भी तो नहीं दे सकता था—उनको तो मन की पीड़ाओं का कोई अभाव न था।

"उसके पश्चात एक दिन बैनर्जियों की बागानबाड़ी से चन्दननगर में ही और भी एक रोमांटिक जगह पर हम लोग चले आए। मोरान साहब की बागानबाड़ी—यह आवास और भी सुन्दर था। बिलकुल गंगा के ऊपर ही बना था। और तब वर्षा का समय था। एक दिन दोपहर के समय भयानक बारिश हुई, जिसे कहते हैं, 'वृष्टिपात मुखरित जलधाराच्छन्न मध्याह्न'—वर्षा के कारण मुखरित जलधारा से ढका मध्याह्न। वह दोपहर का

समय मैंने नोतुन बोउठान के साथ पागलों की तरह बिताया था। वह पागलपन हम दोनों का ही था। विद्यापति के 'भरा बादर माह भादर' पद्य को मन मुताबिक सुर देकर हम दोनों गाते-गाते बारिश में भीग रहे थे—कोई व्यवधान न था उस दिन हमारे बीच। और फिर कभी-कभी सूर्यास्त के समय हम दोनों लोग नौका लेकर निकल पड़ते—तब पश्चिमी आकाश में सूर्य अस्त होता रहता, उसका प्रकाश नोतुन बोउठान की आँखों और बालों पर पड़ता। कितनी सुन्दर दिखती थीं वे। यह जादू टूटते न टूटते उन्हें और एक नए रूप में पाता, जब सूर्यास्त के पश्चात पूर्वी क्षितिज से चाँद निकलता। तब फिर हम लोग बागान के घाट पर लौटकर नदी किनारे वाली छत पर चुपचाप बिछौना लगाते। किनारे की वनरेखा अन्धकार में घनी हो उठती। वह हम दोनों का मिलकर कल्पना के साम्राज्य में विचरना, वह कोमल गम्भीर स्वर में गम्भीर चर्चा, मन का देना-लेना, वह संध्याकालीन छाया, किसी-किसी दिन सावन की वर्षा और विद्यापति के गीत—छोटी बहू, वह सब चला गया। लेकिन फिर भी वह नहीं गया।

"मेरे गीतों में, मेरी कविताओं में उनका इतिहास दर्ज है। याद आता है कि एक दिन नोतुन बोउठान से कहा था, मेरी रचनाओं में और एक रचना छुपी हुई है। एक रचना जो सभी पढ़ेंगे। और वह छुपी हुई रचना तुम और मैं पढ़ेंगे।"

किन्तु ऐसा ही होता है क्या रवि ठाकुर? सभी क्या इतने मूर्ख हैं? तुम्हारी रचनाओं में छिपी हुई रचना का मतलब सभी एक दिन समझ ही गए। तुम्हारी छिपी हुई रचना ने ही तो आमंत्रण

दिया सर्वनाश को! हमारे विवाह के कोई सातेक महीने पहले ही 'भारती' पत्रिका में तुमने एक रचना लिखी थी—उस रचना के बारे में सुनने के बाद मैंने उसे पढ़ा है। तुम क्यों लिखने लगे यह रचना? आवेग सँभाल नहीं पाए? सोचते थे कि कोई समझ नहीं पाएगा। अथवा समझकर भी चुप रहेगा। तुमने हूबहू यही बातें लिखी थीं—

"वह खिड़की का किनारा याद आता है, वे बागान के पेड़-पौधे याद आते हैं, वे अश्रुजल में सिक्त मेरे प्राणों के भाव याद आते हैं। और एक वे जो मेरे पास खड़े थे, उनकी याद आती है, वे जिन्होंने मेरी कॉपी में मेरी कविता के बगल में गोंचागाँची कर दी थी, उसे देखकर मेरी आँखों में आँसू आते हैं। वही तो यथार्थ कविता लिख रहे थे। उनका यह अर्थपूर्ण गोंचागाँची छापा नहीं गया, और मेरा रचा सम्पूर्ण अत्यन्त अर्थहीन गोंचागाँची छप गया।"

यह रचना प्रकाशित होने के बाद बाबा मोशाय और बैठे नहीं रहे। तब वे मसूरी में थे। वहाँ से उन्होंने आपके रवि ठाकुर को पत्र लिखकर अविलम्ब उनसे मिलने का आदेश दिया एवं उनका आदेश हुआ, जितना शीघ्र सम्भव हो, विवाह करो। इसके बाद ही भाभी लोगों का प्रबल आग्रह हुआ रवि के विवाह के लिए—विशेषकर मझली भाभी की इच्छा हुई कि विवाह जितनी जल्दी सम्भव हो—हो जाए।

अब उसी प्रश्न के उत्तर के निकट आ रही हूँ—रवि ठाकुर, तुमने मुझसे विवाह क्यों किया था? क्यों रवि ठाकुर, क्यों? इस

'क्यों' का उत्तर मैंने जीवनपर्यन्त स्वयं खोजा है। अब जाकर शायद उत्तर के क्रमश: नजदीक पहुँच रही हूँ।

ठाकुरबाड़ी की बहुओं की पारम्परिक 'खान' जस्सोर है। बहू ठाकुराइनें अपने प्रिय रवि की पत्नी ढूँढ़ने वहीं गईं। इसका मतलब ज्ञानदानन्दिनी देवी एवं कादम्बरी देवी दोनों ही कन्या ढूँढ़ने जस्सोर आईं। साथ में आई थीं इन्दिरा अर्थात मझली जेठानी की पुत्री। और कौन आया था, जानते हैं—स्वयं रवि ठाकुर। यद्यपि उन्होंने कहा है कि वे नहीं आए थे। किन्तु बिना आए वह नहीं रह पाए।

कारण नोतुन बोउठान जो आई थीं।

क्यों आई थीं नोतुन बोउठान?

यह बात बहुत बाद में समझ पाई, उनकी आत्महत्या के भी बहुत बाद। जब मेरी थोड़ी उम्र हुई, तब समझ पाई कि अपने प्रिय प्रेमाधार व्यक्ति के लिए पत्नी ढूँढ़ने उन्हें जबरन ले जाया गया था—जानबूझकर उन्हें यह मानसिक दंड दिया गया था। ऐसी है ठाकुरबाड़ी के महिला-महल की निष्ठुरता। बाद में जब यह समझ पाई तो मुझे नोतुन बोउठान के लिए अपार कष्ट हुआ था। उन्हें वह मानसिक दंड एकाकी न भुगतना पड़े, उन्हें ज्ञानदानन्दिनी का दबाव अकेले ही न सहना पड़े इसीलिए नोतुन बोउठान के साथ उनका प्रियतम व्यक्ति भी आया था—मुझे देखकर पसन्द करने के लिए नहीं, नोतुन बोउठान को सुरक्षा देने, उनके पास रहने।

अब प्रश्न यह है कि जस्सोर में इतनी लड़कियों के रहते मुझे ही पसन्द क्यों किया गया?

जस्सोर में इतनी लड़कियाँ हैं तो क्या हुआ, सभी तो पिराली ब्राह्मण ठाकुरबाड़ी में अपनी बेटी नहीं देंगे। पिराली लोग मुसलमानों के साथ खान-पानवाले ब्राह्मण हैं। तिस पर ब्राह्म। हिन्दुओं की तरह नारायण को साक्षी बनाकर विवाह नहीं करते। इसके अतिरिक्त उस साल, लगता है, जस्सोर में सुन्दर लड़कियों का अकाल पड़ गया था। मुझे पसन्द करने का कारण यह था कि बहू ठकुराइनें लाख कोशिशें करके भी रवि ठाकुर के लिए मन मुताबिक कन्या नहीं ढूँढ़ पाई थीं। तथापि और भी एक कारण था—जरा गुप्त कारण। और एक जरूरी कारण भी था।

मेरे पिता वेनी राय जोड़ासाँको ठाकुरबाड़ी के एक सामान्य कर्मचारी थे। इसलिए इस विषय में निश्चिन्त हुआ गया कि मैं ठाकुरबाड़ी की बिलकुल आज्ञाकारी बहू होऊँगी। सारा जीवन मुँह से चूँ नहीं करूँगी। मुझमें वह हिम्मत ही नहीं होगी।

नोतुन बोउठान भी तो वही थीं। हाट-बाजार करनेवाले कर्मचारी की बेटी—वे ज्योतिरिन्द्रनाथ की पत्नी थीं।

मैं ठाकुरबाड़ी के और एक कर्मचारी की बेटी—रवि ठाकुर की पत्नी!

और ज्ञानदानन्दिनी, मेरी मझली जेठानी? उनके पिता अभयचरण की तो एक लम्बी कथा है। वह कथा उनके ही मुँह से सुनी है। उन्होंने घर से भागकर एक धनी पिराली ब्राह्मण के घर में आश्रय प्राप्त किया था। और उन्हीं की बेटी निस्तारिणी

से विवाह कर वे घरजमाई हुए थे। ज्ञानदानन्दिनी अपने दूध के दाँत गिरने से पहले ठाकुरबाड़ी में बहू बनकर आई थीं।

एक दिन मुझसे बतियाते हुए बोलीं, "दूध के दाँत गिरने पर चूहों का बिल खोजकर उसमें दाँत डालकर कहना होता है कि चूहे, गिरा दाँत तुम ले लो, अपना दाँत मुझे दे दो। विवाह के बाद जब मेरे दूध के दाँत गिरे, तब कलकत्ता के पक्के ईंट-चूने के मकान में चूहे के बिल कहाँ खोजती? वह समस्या उत्पन्न हुई थी। यही ज्ञानदानन्दिनी लिखना-पढ़ना सीखकर अकेले विलायत गई थीं। उसके बाद फिर गवर्नर लारेंस की पार्टी में भी अकेली गई थीं। उनके समक्ष हमारी क्या औकात! मुझे तो लगता है कि हमारी मझली जेठानी चाहती थीं कि ज्योतिरिन्द्रनाथ और रवीन्द्रनाथ की पत्नी हम ही हों, जिनका सामाजिक परिचय अत्यन्त तुच्छ है। यहाँ मैं यह स्वीकार करती हूँ, एक चीज मुझे बहुत अच्छी लगी थी—यही कि ठाकुरबाड़ी के मंच को आलोकित कर उनकी नोतुन बोउठान कादम्बरी देवी हठात जैसे कहीं से उड़कर आ जमी थीं और ज्ञानदानन्दिनी को कुछ दिनों के लिए नेपथ्य में चले जाना पड़ा था जिससे उनका लाठी भाँजना एकदम बन्द हो गया था। इस चीज ने मेरे मन को जबरदस्त प्रभावित किया। नोतुन बोउठान को सारे जीवन ठाकुरबाड़ी के महिला-महल ने अनेक प्रकार से मानसिक कष्ट प्रदान किया है। मैं जब सोचती हूँ कि आपके रवि ठाकुर ने उतनी कम उम्र में ही अपनी नोतुन बोउठान के पास खड़े होकर अगर उन अत्याचारों का प्रतिशोध लेने की चेष्टा की होगी, तब मेरे अन्दर धधकती पीड़ा, वेदना

की ज्वाला बीच भी कहीं जैसे थोड़ा सा अभिमान धुल जाता है। मेरे पति मुझे प्रेम करने योग्य एक व्यक्ति के रूप में प्रतीत होते हैं। उनकी कविताएँ, गीत, कितनी रचनाएँ मैं उतना समझती नहीं किन्तु इतना समझती हूँ कि वे नोतुन बोउठान को यह सोचकर इतना प्रेम करते थे, कि वह लड़की इस घर में अकेले इतना कष्ट पा रही थी और आज भी करते हैं। उसका पितृगृह मजबूत नहीं था तभी तो उसे इतना कष्ट उठाना पड़ा। मेरा भी तो वैसा ही है।

मेरे साथ रवि ठाकुर का विवाह ठीक हुआ और जस्सोर में ही नोतुन बोउठान बीमार पड़ गईं।

उनके प्रियतम जन का विवाह होने जा रहा है, इस विवाह को रोकने का अब कोई उपाय नहीं है, रवि अब उनके नहीं रहेंगे—यह मानसिक यंत्रणा वे सहन नहीं कर पाईं। और यह जो वे बीमार पड़ीं, मेरे विवाह के बाद कुछ महीने जो वे जीवित रहीं, वे शारीरिक और मानसिक रूप से काफी अस्वस्थ ही रहीं। मैं जब उनको दूर से देखती, जाने कैसी तो लगती थीं। वे मनुष्य की तरह लगती ही न थीं। लगता था जैसे कोई परछाईं हैं। बेहद दुखी परछाईं। तथापि देखने में वे बहुत सुन्दर थीं। ठाकुरबाड़ी में सबसे सुन्दर थी वह परछाईं सदृश लड़की। सुना था, उनकी उम्र शायद पचीस की थी। मुझे लगता और भी बहुत कम है। कैसी पतली इकहरी गढ़न थी उनकी देह की, तभी शायद उम्र उतनी कम लगती थी। उनका रंग काफी दबा हुआ था। वे लम्बी पतली थीं और उनकी आँखों की दृष्टि में ऐसा कुछ था, ठीक-ठीक नहीं बता पाऊँगी—जैसा दूसरी किसी लड़की की दृष्टि में नहीं देखी।

एक दिन आपके रवि ठाकुर से अचानक ही पूछा था, "तुम्हारे मुँह से मराठी लड़की अन्ना तड़खड़े के विषय में सुना है, विलायत की कितनी ही लड़कियों की बातें सुनी हैं, उन सबको देख आने के बाद मुझे कैसे पसन्द कर लिया?"

जरा सी भी देर किए बिना उन्होंने कहा, "मेरे विवाह की जैसे कोई कथा नहीं है, वैसे ही मेरे पसन्द-नापसन्द की भी कोई बात नहीं है। भाभियों ने जब बहुत अधिक दबाव डालना शुरू किया तो मैंने कहा, तुम लोगों की जैसी इच्छा हो, करो, मेरा कोई मतामत नहीं है।"

मैंने कहा, "तुम तो लड़की देखने गए थे। मुझे किस तरह से पसन्द किया?"

उन्होंने क्या कहा, जानते हैं? बोले, "देखने गया था मतलब?"

मुझे कभी-कभी लगता है, अपने विवाह को कम से कम शुरू-शुरू में वे खुद भी स्वीकार नहीं कर पाए थे। उन्होंने तो मेरे साथ अपने विवाह से मजाक ही किया था। ऐसा न होता तो क्या कोई अपने विवाह का निमंत्रण पत्र उस तरह लिखता, जैसा उन्होंने लिखा था?

निमंत्रण पत्र के शुरू में ही माइकेल मधुसूदन की लिखी ये पंक्तियाँ थीं—आशाओं की छलना में भूलकर क्या फललाभ होता है।

फिर यह चिट्ठी उन्होंने अपने हाथों से लिखी थी—

आगामी रविवार दिनांक 24 अगहन शुभ दिन शुभ लग्न

में मेरे परम आत्मीय श्रीमान रवीन्द्रनाथ ठाकुर का शुभ विवाह होना है।

आप तदुपलक्ष्य में संध्या समय उक्त दिवस को 6 नं. जोड़ासाँको स्थित देवेन्द्रनाथ ठाकुर के भवन में उपस्थित रहकर विवाहादि अनुष्ठानों में शामिल होकर मुझे और मेरे आत्मीय वर्ग को कृतार्थ करें। इति।

अनुगत श्री रवीन्द्रनाथ ठाकुर।

कई लोग इस पत्र में रवि ठाकुर के कौतुकप्रिय मन का परिचय पाते हैं। मैंने पत्र को बहुत बाद में अचानक ही देखा था एवं मुझे यथेष्ट बुरा लगा था।

और डर भी लगा था—सत्य ही डर से मैं कोहबर कक्ष में रो पड़ी थी। कोहबर की रस्म हम लोगों के घर पर नहीं हुई थी। जोड़ासाँको के मकान में हुई थी।

वे महर्षि देवेन्द्रनाथ ठाकुर के पुत्र हैं और प्रिंस द्वारकानाथ ठाकुर के पौत्र।

कितने बड़े जमींदार!

ऐसे घर का पुत्र अपने ही कर्मचारी की बेटी को ब्याहने उसके घर कैसे जाएगा?

कैसे उस घर में हो सकती है उसके रतजगे की रस्म।

उन्होंने स्पष्ट कह दिया था, विवाह करने मैं कहीं भी नहीं जाऊँगा।

कन्या को जोड़ासाँको की बाड़ी में लिवा लाओ।

जो होना है यहीं होगा।

वही हुआ। मेरा विवाह ही पूरी तरह एक अजाने-अचीन्हे परिवेश में हुआ।

इतना बड़ा मकान मैंने पहले पहल यही देखा।

इस तरह के लोगों को भी पहले कभी देखा नहीं था।

इन लोगों की बातचीत, अदब-कायदे सब बिलकुल अलग थे। विशेषकर लड़कियों की वेशभूषा, बातचीत, पुरुषों के साथ घुलना-मिलना—ऐसा तो पहले कभी भी नहीं देखा था। मुझे कितनी लाज लग रही थी, और डर भी लग रहा था। कहाँ गए सब—मेरी माँ, मेरे पिता, मेरे आत्मीय स्वजन? कहीं भी उन लोगों को देख ही नहीं पा रही थी। यह याद है कि मेरे विवाह में जरा भी धूमधाम नहीं हुई। घर में कोई प्रसन्नता थी ही नहीं। जैसे अचानक ही दीया बुझ गया हो। उसका एक कारण आगे ही बोल चुकी हूँ, मेरे बड़े ननदोई शारदाप्रसाद का मेरे विवाह के दिन ही देहान्त हो गया।

और भी एक कारण था। वर के मन में स्वयं ही कोई आनन्द न था। सबके मन में यह भाव बहुत ही स्पष्ट हो गया था कि जबरदस्ती मेरी जैसी एक लड़की के साथ विवाह कर देने से घर में सभी के प्रिय रवि के प्रति एक निष्ठुर अन्याय किया गया है।

इस अपराध की क्षमा नहीं है, यह बात हर मन में घूम रही थी। वासरघर (कोहबर) में रतजगे में मेरे पति ने सम्भवत: दबे अभिमान, क्रोध, हताशा से जो कांड किया उससे मेरा हृदय काँप रहा था। मेरे पास मेरा कोई भी अर्थात पितृगृह का कोई भी नहीं था। तभी और भी डर गई थी।

वर अपने ही घर के पश्चिमी बरामदे से घूमकर मुझसे विवाह करने आए थे। आकर पीढ़े पर खड़े हो गए।

इसके बाद याद आ रही है वासरघर की बात। 'भाँड़-कूलो'* खेलने का समय हुआ।

भाँड़ में चावल भरने और गिराने की प्रक्रिया है 'भाँड़-खेला'। मैं लम्बे घूँघट के भीतर से देख रही थी कि मेरे पति कैसे भाँड़ खेलते हैं।

उन्होंने क्या किया, सभी भाँड़ों को एक-एक कर उलटने लगे।

उनकी छोटी काकी माँ त्रिपुरासुन्दरी, जिनके बारे में इसी दौरान बताया है, वे तो चीत्कार कर उठीं—यह क्या कर रहे हो रवि? यही क्या तुम्हारा 'भाँड़ खेला' है? सभी भाँड़ों को उलट-पलट क्यों कर रहे हो?

देखा, ठीक उसी समय कक्ष में एक स्त्री आकर खड़ी हो गई, बाद में जाना कि वही नोतुन बोउठान हैं!

---

* कुल्हड़ में चावल भरने और गिराने की रस्म।

बहुत बीमार लग रही थीं वे।

सभी उन्हीं की ओर देख रहे थे।

उनकी आँखों से लग रहा था कि आग बरस रही है और होंठों पर मुस्कान थी।

मेरे पति ने छोटी काकी माँ त्रिपुरासुन्दरी से कहा, "जानती नहीं हो काकी माँ, आज मेरे जीवन में सब कुछ तो उलट-पलट हो गया! तभी मैं भाँड़ों को भी उलटा कर दे रहा हूँ।" मेरे पति छोटी काकी माँ से अवश्य ही बातें कह रहे थे, किन्तु सारे समय देख रहे थे नोतुन बोउठान की आँखों की ओर। उनकी वह बात आज भी सुनाई देती है।

मेरे पति के मुँह से यह बात सुनते ही नोतुन बोउठान चेहरे को आँचल से ढककर दौड़ती हुई कक्ष से बाहर चली गईं। छोटी काकी माँ थोड़ी-सी अप्रस्तुत होती हुई बोलीं, "रवि, तुम्हीं एक गीत गाओ। तुम्हारी तरह गायक रहते हुए तुम्हारे वासर में और कौन गीत गाएगा?"

काकी माँ के मुँह से बात खत्म होते, न होते पतिदेव ने, मुझे लगा, मेरा मजाक बनाते हुए गाना शुरू कर दिया—

आ मेरी लावण्यमयी
कौन वह स्थिर सौदामिनी,
पूर्णिमा-ज्योत्स्ना से भरा
मार्जित मुख!
निहारकर रूप हाय,

आँखें नहीं फिरना चाहें,
अप्सरा या कि विद्याधरी
कौन रूपसी, जानूँ नहीं।

पहली रात को ही आपके रवि ठाकुर ने मुझे समझा दिया कि वे मुझे किस दृष्टि से देख रहे हैं—शेष जीवन किस दृष्टि से देखेंगे।

उन्होंने लेकिन बिल्ली मारने में विलम्ब नहीं किया।

मेरे जीवन की कथा प्राय: खत्म होने को आ चुकी है।

अट्ठाइस वर्ष का जीवन, जिसमें उन्नीस वर्ष रवि ठाकुर की पत्नी के रूप में बीते।

उनमें से भी दस वर्ष क्रमश: उनके पाँच शावकों को जन्म देते-देते कटे। हमारी सन्तानों के सम्बन्ध में 'शावक' शब्द का व्यवहार उन्होंने ही एक बार किया था।

तभी मैंने भी वह साहस दिखाया।

और भी एक को पेट में धारण किया था। लेकिन उसी बीच गिर गई जिससे वह नष्ट हो गया और मेरा सर्वनाश हुआ।

मैं जानती हूँ मेरा यह रोग ठीक नहीं होगा। शरीर शेष होने को है। शरीर का अपराध भी क्या है!

उन्नीस वर्षों से इस शरीर और मन पर क्या-क्या बीत रही है।

शरीर की जो दशा है, मुझे नहीं लगता कि ज्यादा दिन और लिख भी पाऊँगी। छिपा-छिपाकर लिख रही हूँ न—किसी ने देख लिया तो सब लिखा गायब हो जाएगा।

और लिख भी तो नहीं पा रही हूँ। दृष्टि क्रमश: धुँधली होती जा रही है। सारा शरीर तप रहा है। हर समय गला सूख जा रहा है। इतनी कमजोरी लग रही है, कहकर समझा नहीं पाऊँगी। डॉक्टर ने कहा है कि इतना रक्तस्राव हो रहा है, शरीर में खून ही नहीं है। सुन रही हूँ कि शान्तिनिकेतन में रहने से वैसी चिकित्सा नहीं हो पाएगी। और फिर शुरू से ही मेरी चिकित्सा वही कर रहे हैं। होमियोपैथिक चिकित्सा। दवाइयाँ बदल-बदलकर कितने प्रकार का प्रयोग कर रहे हैं।

अब मुझे कलकत्ता ले जाया जाएगा। कलकत्ता में जोड़ासाँको की बाड़ी में रहकर और क्या लिख पाऊँगी?

मेरे विवाह के बाद ही घर में जैसे एक उत्सव शुरू हो गया।

किस चीज का उत्सव?

नोतुन बोउठान के शयनकक्ष को बदलकर एकदम नए ढंग से सजाया जा रहा है।

क्यों?

क्योंकि, नोतुन बोउठान का मन खराब है।

उन्हें 'मनखिन्नता' की बीमारी हुई है। इस व्याधि को ठीक करने के लिए उनका कक्ष सजाकर उनके मन को अच्छा करने की कोशिश चल रही है।

किस प्रकार सजाया जा रहा है कक्ष?

ज्ञानदानन्दिनी को जैसा पसन्द है उसी प्रकार।

कौन सजा रहा है?

ज्ञानदानन्दिनी के प्रिय देवर ज्योतिरिन्द्रनाथ।

मेरे पति ने एक दिन खूब चिढ़कर कहा, "घर में यह सब क्या हो रहा है, बोलो तो? जिसके मन को अच्छा करने की खातिर कमरा सज रहा है उसे क्या वैसा ही पसन्द है? मैं तो नोतुन बोउठान की पसन्द जानता हूँ। दीवालों पर उस तरह का चटक रंग उन्हें पसन्द ही नहीं है। इसके अतिरिक्त, पलंग को क्यों बदल दिया गया। वह पलंग तो उनको काफ़ी पसन्द था। एक समय दोपहर को हम दोनों लोगों ने उसी पलंग पर कितनी कहानियाँ पढ़ी हैं। वहीं लेटे-लेटे कितनी कविताएँ लिखकर मैंने नोतुन बोउठान को सुनाई हैं। हमेशा से ही नोतुन बोउठान उसी पलंग पर सोती रही हैं—इस घर में बहू बनकर आने के दिन से ही। कितने सुन्दर फूलों-फलों, पक्षियों, उपवन की डिजाइन थी उस पलंग पर। नोतुन बोउठान ने एक दिन कहा था, ठाकुरपो, मेरा यह पलंग भी एक नन्दनकानन है। उसको भी तो मझली भाभी ने बदल दिया? नोतुन दादा ने भी एक बार सोचकर नहीं देखा कि नोतुन बोउठान अपने कमरे में यह सब परिवर्तन चाहती भी हैं कि नहीं?"

इन सबके कुछेक महीनों बाद ही घटी वह घटना।

मेरा विवाह हुआ दिसम्बर 1883 में और अप्रैल 1884 में नोतुन बोउठान ने आत्महत्या कर ली।

वह दिन याद है मुझे।

मैं मामले को ठीक से समझ नहीं पाई थी।

केवल इतना ही जानती हूँ कि उस दिन नोतुन बोउठान का कमरा सारा दिन बन्द था।

प्रात:काल घर के सेवकों को सन्देह हुआ कि शायद नोतुन बोउठान अस्वस्थ हो गई हैं।

उनकी नींद खूब सवेरे टूट जाती है।

वे नोतुन बोउठान के कमरे का दरवाजा खूब जोर-जोर से पीटकर चिल्लाते रहे, 'नोतुन बोउठान दरवाजा खोलो, दरवाजा खोलो।'

मैं बरामदे में आ गई।

जब किसी ने दरवाजा नहीं खोला, तब दरवाजा तोड़ दिया गया।

तब तक बाबा मोशाय कमरे के सामने आ चुके थे।

सबसे पहले कमरे में वे (रवि ठाकुर) गए।

उसके कुछ देर बाद बाबा मोशाय।

मुझे अन्दर नहीं जाने दिया गया।

नोतुन बोउठान बेहोश थीं। उन्हें एकदम ही कोई होश नहीं था।

किन्तु तब भी वे जीवित थीं।

वे कमरे में जाते ही ढेर सारे कागज चद्दर में छिपाकर बाहर आ गए।

वे कागज मैंने कभी नहीं देखे।

बाबा मोशाय भी ढेर सारे फटे कागज लेकर बाहर आए। चिट्ठी जैसा कुछ था।

उसके बाद उन्हें सम्बोधित कर वे बोले, "ज्योति को खबर करो। वह कहाँ था रात में?"

बाबा मोशाय को कभी इस तरह क्रोधित होते नहीं देखा।

वे बोले, "बहू माँ अभी भी जीवित हैं। उनकी चिकित्सा की व्यवस्था करो। और उनकी आत्महत्या के समस्त प्रमाणों को खत्म करने का इन्तजाम करो। और ज्योति से कहो कि हमारे इस्टेट से उसे जो कुछ भी अतिरिक्त मिलता था वह मैंने बन्द कर दिया है। मुझे प्रमाण मिला है, वह चरित्रहीन है! यह मैं क्षमा नहीं कर सकता।"

काफी समय होने पर ज्योति दादा आए।

उस समय कितनी विध्वस्त दशा थी उनकी!

मुँह, आँख सब सूजे हुए थे।

वे शायद नोतुन बोउठान को बोलकर गए थे कि वे उस रात जल्द से जल्द घर लौटेंगे।

लेकिन लौटे उसके दूसरे दिन काफी समय चढ़े।

मुझे याद है, आपके रवि ठाकुर और उनके नोतुन दादा ज्योतिरिन्द्रनाथ दोनों जन दो तरफ से पकड़कर नोतुन बोउठान को दक्षिणी बरामदे में चलाने की कोशिश कर रहे हैं।

नोतुन बोउठान का आँचल खिसककर जमीन में लिथड़

रहा है। वे सामने की तरफ झूल गई हैं।

वे चलेंगी कैसे?

विष खाने के कारण उनकी चेतना ही नहीं है।

लेकिन वे अचेत अवस्था में ही और भी दो दिन तक जीवित रहीं।

बाबा मोशाय की आज्ञा से उनके उस दो दिन जीवित रहने के तथ्य को ही गायब कर दिया गया।

पुलिस से लेकर डॉक्टर तक—सबने भय से अथवा घूस खाकर चुप्पी साध ली। कहा गया, उनका अचानक हार्ट फेल हो गया।

दो दिन पहले नोतुन बोउठान ने जो अफीम खाई थी, वह बात ही ठाकुरबाड़ी दबा ले गई।

यही है इस बड़े घर की एकता।

मैंने सुना है, नोतुन बोउठान ने अन्तिम दिन एक बहुत बड़ी चिट्ठी लिखी थी अपने प्रियतम रवि को।

वह चिट्ठी कहाँ गई, कोई नहीं जानता।

नोतुन बोउठान ने और भी एक संक्षिप्त चिट्ठी लिखी थी अपने स्वामी को।

सुना है उस चिट्ठी में थी और भी एक चिट्ठी।

वह प्रेमपूर्ण पत्र लिखा था कोलकाता की एक विख्यात नटी—नाट्यकर्मी—ने ज्योतिरिन्द्रनाथ को।

नोतुन बोउठान को वह चिट्ठी मिली थी अपने पति के जैकेट की पॉकेट में।

नोतुन बोउठान ने अपने पति को अन्तिम दिन जो चिट्ठी लिखी थी, वह और उसके साथ नटी की चिट्ठी—यह सब बाबा मोशाय के हाथ लग गया।

बाबा मोशाय के लिए अपने पुत्र को क्षमा करना सम्भव न हुआ।

एक जन की चर्चा पूरी किए बिना बात पूरी नहीं होगी। क्योंकि मैं उसे बहुत प्यार करती थी।

मैं प्रेम की यह बात किसी से कह न सकी।

मैंने तो कोई अन्याय नहीं किया।

मैं तो बहुत अकेली थी और मेरे मन में अनेक कष्ट थे।

वह सब समझ गया था।

तभी उसे प्रेम करती थी।

उसकी तरह प्रेम मुझे मेरी श्वसुरबाड़ी में और किसी ने नहीं किया।

वह मुझसे महज चार वर्ष बड़ा था।

मैं जब नौ वर्ष, नौ महीने की उम्र में बहू बनकर जोड़ासाँको की बाड़ी में आई, दोस्त की तरह आकर उसने मेरा हाथ थामा था।

तब उसने तेरह की उम्र बस पार ही की थी।

ठीक जैसे रवि ठाकुर के साथ दो वर्ष बड़ी नोतुन बोउठान का बन्धुत्व, प्रेम निर्मित हुआ, मेरे साथ ठीक वैसा ही बन्धुत्व,

प्रेम निर्मित हुआ ठाकुरबाड़ी के इस पुत्र का।

वह जन्म से ही बीमार था।

और उसके पिता थे घोषित पागल।

माँ भी ऐसा न था कि उसकी खूब देखभाल करती थीं।

ठाकुरबाड़ी में वे लोग कुछ अलग-थलग से थे।

वह अच्छी तरह से चल नहीं पाता था।

कितनी बार मुझे पकड़-पकड़ कर चलता।

पैर घसीट-घसीटकर चलने के कारण वह घुलने-मिलने में लज्जा का अनुभव करता था। मैं उसके मन के कष्ट को समझती थी।

इस तरह उसके प्रति मेरा प्रेम, स्नेह-माया-ममता-मातृत्व सब मिला-जुलाकर था।

उसको देखे बिना मेरा मन उसके लिए परेशान हो उठता।

उसी ने मुझे यत्न से लिखना-पढ़ना सिखाया था।

वह बहुत अच्छी संस्कृत जानता था।

संस्कृत के काव्य-नाटक मुझे पढ़कर सुनाता। और फिर व्याख्या करके समझा भी देता। उसने ही मुझे कालिदास का 'मेघदूत' और 'कुमारसम्भव' पढ़ाया। 'कुमारसम्भव' पढ़कर बड़ी लज्जा आई थी। शिव और पार्वती के कितने ही प्रणय-प्रसंगों को बिलकुल खोलकर लिखा है कालिदास ने!

मैं जो थोड़ा-बहुत संस्कृत सीख पाई हूँ, वह उसी के कारण सम्भव हुआ।

कितनी सुन्दर कविता लिखता था वह!

सोलह वर्ष की उम्र में उसने गीत लिखा था, वह गीत माघोत्सव में गाया गया था।

मेरे पति तब 'बालक' पत्रिका के सम्पादक थे—उस पत्रिका में उसकी रचना प्रकाशित हुई थी।

उसके बाद जब वह हमारे साथ शिलाईदह में कुछ दिनों के लिए रहने आया—तब वह अपनी कॉपी में काफी जतन से फकीरों से सुने गीत लिखकर रखता था। गगन हरकर का गीत भी उसकी कॉपी में था।

अब एक दूसरी बात बताती हूँ—जो कोई भी नहीं जानता। नोतुन बोउठान की तरह मैं भी एक दिन आत्महत्या करना चाहती थी।

वह उस दिन मेरे साथ था।

हम लोग—वह और मैं—उस समय एक साथ शिलाईदह में थे। हम दोनों ही, हो सकता था कि एक साथ ही मरते। किसको पता था!

नोतुन बोउठान अकेले-अकेले विष खाकर मरी थीं। हम लोग शायद दोनों ही एक साथ खत्म होना चाहते थे। उस दिन शिलाईदह के उस पार एक रेतीले किनारे हमारी नौका लगाई गई थी।

विशाल तट। दूर-दूर तक फैला हुआ। कहीं अन्त नहीं था। गाँव नहीं, लोग नहीं, कुछ भी नहीं, सिर्फ रेत ही रेत।

उसने कहा, "चलो इस रेतीले किनारे का अन्त एक बार

देखकर आते हैं। सुना है, वहाँ रूपकथाओं का देश है।"

मैंने कहा, "रूपकथाओं के देश में जाकर लौटने की यदि इच्छा न हो तो?"

उसने कहा, "तब नहीं लौटेंगे।"

मैंने कहा, "अपने पैरों की ऐसी स्थिति में तुम चल भी पाओगे?"

उसने कहा, "तुम हो तो।"

हम निकल पड़े।

चल रहे हैं तो चल ही रहे हैं।

अजीब सा एक नशा जैसा हो गया।

अचानक सूर्य डूब गया और झप-झप करके अँधेरा उतर आया। हम दिशा भटक गए।

चलते-चलते एक ऐसी जगह पहुँच गए जहाँ जल छपाक्-छपाक् कर रहा था।

हम शायद तट के अन्त अथवा किनारे आ गए थे। अँधेरे में जल दिखाई नहीं दे रहा था।

सम्भवतः कई घंटे चल चुके थे। दोनों में कोई भी बात नहीं हुई थी। केवल हाथ पकड़कर चलते रहे थे।

और जरा सा चलने पर ही काली पद्मा की चौड़ी छाती नजर आने लगी।

हम दोनों रुक गए। नोतुन बोउठान कर पाई थीं। हम नहीं कर सके।

उतना सा रास्ता चलने का साहस हम लोगों का नहीं हुआ।

मैंने सोचा था उसका हाथ छुड़ाकर अकेली ही चली जाऊँ, पद्मा के काले पानी में डूब मरूँ। किन्तु उसका हाथ कैसे भी करके छुड़ा नहीं पाई। उसने मेरे मन के भाव समझ, मुझे कसकर पकड़ लिया। पद्मा के किनारे, अँधेरी रात में मैं उसकी छाती में चुपचाप सिमटी रही। मरने की इच्छा धीरे-धीरे बुझ गई।

अचानक ध्यान आया, नौका तक लौटेंगे कैसे?

यह भी तो नहीं पता था।

हम रास्ता भटक गए थे।

रास्ते का अँधेरे में अन्दाजा लगाकर चलने लगे।

अब हम बहुत थके हुए थे।

लग रहा था यह रास्ता खत्म नहीं होगा। बहुत भय लगने लगा।

अचानक सुनाई दी आर्त स्वर में कुछ पुकार। दिखाई दिया मशाल का प्रकाश।

स्वयं रवि ठाकुर हमें ही खोजने कई लोगों को लेकर निकले थे।

अन्ततः हम नौका पर लौटे।

रवि ठाकुर ने दो बातें कहीं—एक, स्त्री-स्वाधीनता के विरुद्ध दृढ़-प्रतिज्ञ हुआ। दो, तुम लोगों का इस तरह अकेले निकलना बन्द।

इसके बाद उन्होंने मेरे संगी की ओर केवल एक बार देखा। वह दृष्टि ही पर्याप्त थी।

मैंने एक अन्य बात सोची—सत्य ही यदि मर सकती।

रोज-रोज के संसार से दूर। इस दूर-दूर तक फैली निर्जनता के बीच। नि:शब्द अन्धकार में। बन्धु के साथ।

तब डर क्यों गई?

वह कलकत्ता लौट गया।

उसे रोज-रोज बुखार होने लगा।

उसकी बीमारी बढ़ती ही गई।

मुझे मेरे पति ने किसी भी तरह कलकत्ता जाने नहीं दिया।

मैं शिलाईदह में रही।

मैंने नहाना-खाना छोड़ दिया और कहा, "मैं कलकत्ता जाऊँगी ही।" किन्तु जा कहाँ पाई?

उसके पहले ही तो उसकी मृत्यु की खबर मेरे पास आई।

हे माँ! मेरा तो कोई भी दोस्त न रहा।

वही तो था मेरा एकमात्र बन्धु!

वह—मेरे विक्षिप्त भसुर वीरेन्द्रनाथ की एकमात्र सन्तान।

बलू। बलेन्द्रनाथ।

केवल उनतीस वर्ष की उम्र में चला गया।

बलू की मैं काकी माँ हूँ।

किन्तु केवल क्या काकी माँ ही हूँ?

वह मुझे काकी माँ कहकर ही बुलाता था।

किन्तु इस बुलाने में उसका मन, उसका प्रेम घुला-मिला रहता। ठाकुरबाड़ी में इस प्रकार मुझे किसी ने भी कभी नहीं पुकारा।

मैं उससे उम्र में चार साल छोटी थी। तब भी उसकी काकी माँ थी!

बलू जो मुझसे उम्र में बड़ा था, बोध-बुद्धि, लिखना-पढ़ना अन्य सब प्रकार से भी बड़ा था, यह बात मेरे और उसके सम्बन्धों के बीच उसने चुपचाप टाँक दी थी।

मैं उसकी काकी माँ होकर भी उसके प्रति श्रद्धा रखती थी। उसी श्रद्धा में धीरे-धीरे गम्भीर प्रेम का भाव घुलता गया। जो प्रेम हृदय के मध्य शिराओं में दबाव पैदा करता है, वैसा।

मुझे बहुत डर लग रहा है प्रश्न पूछते हुए, तब भी पूछती हूँ। इसका ही नाम क्या प्रेम है?

बलू जब मेरा हाथ पकड़कर लँगड़ाते हुए चलता, ऐसा लगता उसके शरीर से कुछ अजीब सा मेरे शरीर में प्रविष्ट हो रहा है।

एक दिन बलू को मैंने यह बात बताई।

वह जरा सा हँसकर कितनी सुन्दरता से मेरी ओर देखने लगा। मेरी आँखों में आँखें डालकर पूछा, "क्या प्रविष्ट होता है जानती हो?"

मैंने कहा, "जानती हूँ, लेकिन कह नहीं पाऊँगी।"

"क्यों कह नहीं पाओगी, क्यों?"

"सब बातें कही नहीं जातीं।"

"क्यों नहीं क़ही जातीं?"

"कहने से पाप होता है।"

"पाप होता है! मन के भाव को व्यक्त करने से पाप होता है? तुम किस जमाने के अशिक्षित मनुष्यों की तरह बात कर रही हो। तुमको इतना कुछ पढ़ाने का यही लाभ हुआ?"

"तुम्हारा-मेरा जो सम्बन्ध है, उसमें बातें नहीं कही जातीं। यह बात सोचना भी अऩ्याय है। कहना तो दूर की बात है।"

"तुम एक नारी हो, मैं एक पुरुष। यही हमारा आदिम सम्पर्क है। सामाजिक सम्बन्ध तो मनुष्यों के मनगढ़े हैं, हम मानव-मानवी हैं। सामाजिक पुतले नहीं।"

"फिर भी, कुछ भी हो कह नहीं पाऊँगी।"

"तुमने ही तो कहा, मेरे शरीर से कोई चीज तुम्हारे शरीर में प्रविष्ट होती है। मैं पूछता हूँ, क्या प्रविष्ट होता है?"

"कोई नाम नहीं है उसका। कुछ प्रविष्ट होता है। बस, इतना ही कहती हूँ मैं।"

बलू ने कहा, "नाम है।"

मैंने कहा, "वह नाम मैं नहीं जानती।"

बलू ने कहा, "मैं जानता हूँ।"

"क्या?"

"इच्छा।"

मेरा विश्वास है, बलू के प्रति ठाकुरबाड़ी के बहुतों ने ही अविचार किया है।

मेरे मझले भसुर सत्येन्द्रनाथ तो, लगता है, बलू को देख ही नहीं पाते थे।

फिर भी बलू के प्रति रवि ठाकुर के अन्याय ने ही मुझे सबसे अधिक कष्ट दिया।

बलू अपने रवि काका को बहुत ही प्रेम करता था।

बलू के प्रति ठाकुरबाड़ी की यह अवहेलना और अन्याय की बातें न लिखकर अन्याय करना होगा।

बलू के आदर्श पुरुष थे उनके पितामह देवेन्द्रनाथ।

बोलपुर के भुवनडाँगा के निर्जन विशाल प्रान्तर में देवेन्द्रनाथ को अपने साधना की जगह मिली।

जगह का क्या नाम है?

नाम भुवनडाँगा का माठ—मैदान।

कहाँ है यह विशाल निर्जन प्रान्तर?

सभी जानते हैं, यह बोलपुर में है।

बोलपुर तो बहुत बड़ा है। लगता है उससे भी बड़ा है भुवनडाँगा का मैदान!

उस जगह का अलग से कोई नाम नहीं है?

नहीं तो!

देवेन्द्रनाथ ने इसी निर्जन प्रान्तर में एक मकान बनवाया। यह कहकर कि खुद रहेंगे!

नहीं, नहीं, कोई यदि निर्जन में साधना करना चाहे तो यहाँ रहकर वह अपनी यह इच्छा पूरी कर सकता है।

देवेन्द्रनाथ स्वयं भी भुवनडाँगा के मैदान में बने इस एकाकी भवन में रहने लगे।

उन्होंने भवन का एक नाम भी रखा—शान्तिनिकेतन! इस भवन के नाम से ही उस जगह का नाम हो गया शान्तिनिकेतन। देवेन्द्रनाथ ने एक ट्रस्ट डीड या प्रबन्धन पत्र भी शान्तिनिकेतन भवन के मामले में बनवाया। उस प्रबन्धन पत्र में उन्होंने अपनी एकान्त इच्छा व्यक्त की। इच्छा थी कि ट्रस्टी-जन शान्तिनिकेतन में एक 'ब्रह्म विद्यालय' की स्थापना करें।

किन्तु देवेन्द्रनाथ की इच्छा, इच्छा ही रह गई। वे चले गए। उनके पुत्र उनकी इच्छाओं का 'ब्रह्म विद्यालय' नहीं बनवा सके। हो सकता है उन लोगों ने उस तरह चाहा ही नहीं। हो सकता है वे लोग अन्यान्य कर्म में अधिक व्यस्त थे।

बलू ने एक दिन मुझसे कहा, "मैं पितामह के स्वप्न को

पूर्ण करना चाहता हूँ। कार्य महत् कार्य है। मैं करूँगा ही।"

"कौन सा कार्य जी?" मैंने कुछ अवाक् होकर ही पूछा।

उसने कहा, "कौन सा कार्य मतलब? तुमको भी मेरे साथ कार्य करना होगा। मन ही मन तैयार होओ। बहुत बड़ा दायित्व है।"

"क्या कार्य, सुनूँ जरा।"

"तुम, हो सकता है, नहीं जानती हो, पितामह की इच्छा थी शान्तिनिकेतन में एक 'ब्रह्म विद्यालय' की स्थापना करने की। कार्य करने का समय उनको नहीं मिला। मैं ही उद्योग लेकर कार्य करूँगा।"

"अरे बाबा, यह तो बहुत विशाल कार्य है। मैं क्या दायित्व ले सकती हूँ! इसके अलावा तुम्हारे काका की गृहस्थी सँभालने में ही तो मैं दिन-रात व्यस्त रहती हूँ।" मेरी बातों को सुन बलू कुछ देर चुप रहा। शायद उसका मन दुखी हो गया। वह मुझे अपने साथ चाहता था। वह जैसे मेरा हाथ पकड़कर चलता था उसी प्रकार 'ब्रह्म विद्यालय' स्थापना के मामले में भी मेरा हाथ पकड़कर आगे बढ़ना चाहता था। मैंने उसे निराश कर दिया। मेरे पास कोई उपाय भी न था। उनकी अनुमति पाए बिना मैं बलू के पास कैसे खड़ी हो सकती हूँ?

"तुमने अपने काका और बड़े पिताजी लोगों की अनुमति ली है?" मैंने पूछा।

जानती थी कि खासकर रवि काका की अनुमति के बिना बलू शायद इस कार्य में हाथ नहीं लगाएगा।

बलू ने कहा, "रवि काका उतने उत्साही नहीं लगे।"

बलू के साथ मेरी ये सारी बातें उस समय हो रही थीं जब वह हमारे साथ शिलाईदह में था।

आपके रवि ठाकुर तब दूसरी ही भावधारा में चल रहे थे। जोड़ासाँको में लड़के-लड़कियों को लिखना-पढ़ना सिखाने के लिए गृह विद्यालय बनाया गया था। वहाँ स्कूलों के नियम-कायदे ठीक से नहीं माने जाते थे। एक तरह की अबाधित शिक्षा व्यवस्था कह सकते हैं।

उन्होंने मुझे बाल-बच्चों सहित जोड़ासाँको से उखाड़कर शिलाईदह में फेंक दिया।

वहाँ एक नया गृह विद्यालय चालू किया। जहाँ मेरे लड़के-लड़कियाँ लिखना-पढ़ना सीखने लगे। स्वाभाविक ही ब्रह्म विद्यालय से सम्बन्धित बलू के उत्साह पर उन्होंने पानी फेर दिया। बलू शिलाईदह से कलकत्ता लौट आने के दो दिन पहले मेरे साथ एकाकी बरामदे में बैठा हुआ था।

हठात मेरा हाथ अपनी छाती पर रखते हुए उसने कहा, "तुम जानती हो, मैं एकेश्वरवादी हूँ।"

मैं क्या करूँ, क्या बोलूँ कुछ समझ न पाई। मेरा शरीर न जाने कैसे अवश-सा हो गया। छाती पसीने से भीग गई। बलू ने कहा, "वचन दो, मन ही मन मेरे साथ रहोगी। मैं कलकत्ता लौटकर अकेला ही कार्य शुरू करता हूँ। जानूँगा कि तुम साथ में हो।"

"कौन सा कार्य?"

"एकेश्वरवाद के प्रचार के लिए ब्रह्म विद्यालय की स्थापना

का कार्य। पितामह की इच्छा भी तो यही थी।"

बलेन्द्रनाथ की जैसी कल्पना थी, ठीक वैसा ही एक ब्रह्म विद्यालय भवन शान्तिनिकेतन में बना।

किन्तु तब तक बलू चला गया।

किसने उस भवन के द्वार का उद्घाटन किया?

और कौन, बलू के बड़े पिताजी सत्येन्द्रनाथ ठाकुर ने।

क्या कहा उन्होंने?

बहुत सी बातें कहीं—कहा, इतने दिनों बाद उनके पिता देवेन्द्रनाथ का संकल्प पूरा हुआ।

केवल एक नाम का उच्चारण एक बार के लिए भी नहीं किया।

बलेन्द्रनाथ का नाम—जिस बलू के बिना ब्रह्म विद्यालय कभी भी नहीं बन सकता था उसका ही नाम मेरे मझले जेठ भूल गए?

मैं निश्चय ही बलू के साथ खड़ी नहीं हो पाई। ब्रह्म विद्यालय के द्वार-उद्घाटन के अनुष्ठान में भी जा नहीं पाई।

मैं तब शिलाईदह में निर्वासित थी।

आपके रवि ठाकुर ने मुझसे स्पष्ट कह दिया था, कलकत्ता की भीड़ में मेरा जीवन बड़ा निष्फल-सा हुआ रहता है। इसलिए मेरी खातिर तुमको निर्वासन का यह दंड ग्रहण करना ही पड़ेगा। तुम अवश्य ही नहीं चाहोगी कि मैं कलकत्ता में अपनी सम्पूर्ण शक्ति को समाधि देकर बैठा रहूँ।

सत्य ही तो! वह कैसे चाह सकती हूँ? मैं आखिर रवि

ठाकुर की पत्नी हूँ। मेरे लिए बलू के साथ हाथ मिलाकर काम करना किस तरह सम्भव था?

इस घटना के छह महीने बाद, 22 दिसम्बर की बात है।

रवीन्द्रनाथ ने आनुष्ठानिक तौर पर ब्रह्म विद्यालय की शुरुआत की। उन्होंने कहा, इस कार्य में उन्होंने पिता की अनुमति ली थी एवं इस कार्य को उन्होंने 'पिता की मनोकामना का सश्रद्ध पूरा होना' कहकर कितनी सुन्दर व्याख्या की।

केवल बलू की बातें याद कर मेरी आँखों में पानी आ गया।

मैंने बलू को मन-ही-मन प्रणाम किया और उसके ललाट को चूम लिया। और उसके सर को छाती पर रखकर खूब रोने लगी। हे मेरे रवीन्द्रनाथ, तुमने भी ब्रह्म विद्यालय के उद्घाटन-उत्सव में एक बार भी बलू के नाम का उच्चारण नहीं किया!

क्यों इतना क्रोध है जी उसके ऊपर तुम्हारा?

तुम्हें एक बात बता जाऊँ रवि ठाकुर। तुम लोगों के ब्रह्म विद्यालय का द्वार-उद्घाटन जब हो रहा था, और जब तुम अपना भाषण-पाठ कर रहे थे, मैं एकाकी घर के कोने में बैठी बलू का लिखा एक गीत गा रही थी—उसने ही मुझे सिखाया था और कहा था यह गीत मेरे ही स्वर में सुनना उसे सबसे अच्छा लगता है—

असीम रहस्य के बीच कौन तुम महिमामय!
जगत शिशु की भाँति चरणों में निद्रा-लय!

अभिमान, अहंकार धुल गया नहीं और
दूर हुआ शोक-ताप, नहीं दुख नहीं डर।
कोटि रवि-शशि-तारा, तुममें ही लीन सारा
फिर भी किरन धारा तुमसे ही ज्योतिमय!

बलू ने यह गीत लिखा था अपनी सोलह वर्ष की उम्र में!

मुझे वे लोग कलकत्ता की जोड़ासाँको बाड़ी में ले आए हैं। मैं अच्छी तरह समझ पा रही हूँ, इस बाड़ी के ही सभी दायित्वों का पालन करते-करते और सन्तानों को जन्म देते-देते, और उनको बड़ा करते-करते मैं मृत्यु के दरवाजे पर हूँ। मैं आँखों से अच्छी तरह देख भी नहीं पा रही हूँ।

मेरा हाथ काँप रहा है। साँस लेने में कष्ट हो रहा है।

तब भी दो-एक बातें लिखना अब भी बाकी है। अपनी निस्संग धरती पर आखिरी दो मीत पाई थी—

मेरी दो बेटियाँ, माधुरीलता (वेला) और रेणुका।

गत साल 15 जून को रवि ठाकुर ने बहुत सोच-समझकर माधुरीलता को जबरन मुझसे छीनकर उसका विवाह कर दिया। किसके साथ? उन्हीं बिहारीलाल चक्रवर्ती के पुत्र के साथ, जो नोतुन बोउठान के भक्त-बन्धु थे।

वेला की उम्र केवल 15 साल है।

मैं रेणुका को छाती से लगाकर जी रही थी।

वेला के विवाह के मात्र नौ महीने पचीस दिन बाद उन्होंने उसे भी मेरी छाती से छीन लिया।

विवाह कर दिया केवल दस साल की उम्र में।

कारण, बाबा मोशाय ने 8 सितम्बर, 1899 को अपनी अन्तिम वसीयत बनाई। उस वसीयत के अनुसार बाबा मोशाय के जीवित रहते-रहते लड़कियों की शादी करने से खर्चे का प्राय: सब कुछ ही जोड़ासाँको के खजाने से मिलना था!

कितना आश्चर्यजनक हिसाब है!

मेरी गोदी का बेटा शमी, केवल छह साल उम्र है, उसको देखने का कितना मन कर रहा है मेरा।

उनको कितनी बार कहा, जाने के पहले एक बार शमी को देख लूँ, उसको ले आओ!

कहाँ है शमी?

रथी, उसे भी तो आने नहीं दिया।

अब और मुझमें किसी से बात करने की ताकत नहीं है।

और लिख भी नहीं पा रही हूँ।

केवल रुकने के पहले और भी दो-एक बातें लिखनी ही होंगी।

बहुत अस्त-व्यस्त तरीके से लिख रही हूँ। इसलिए क्षमा चाहती हूँ।

क्या करूँ—शरीर में अब और हिम्मत नहीं है।

रवि ठाकुर को कभी तुम, कभी आप कहती रही हूँ, इस लिखने के दौरान।

जब अपने हैं, तब तुम।

जब दूर के हैं, तब आप। बस।

मैं इस लेख को अपने सन्दूक के एक गुप्त खाने में छुपाकर रख देती हूँ।

किंचित किसी दिन ऐसे किसी हाथ में पड़े जो इसे ठाकुरबाड़ी से बाहर ले जाए...।

मेरी अन्तिम इच्छा थी—चले जाने के पहले शमी को एक बार सिर्फ देखना—उसके नन्हे नरम होंठों पर एक चुम्बन देना।

अच्छे से रहना बाबा!

तुम सभी लोग अच्छे से रहना!

वे भी खूब अच्छे से रहें।

ईश्वर तुम लोगों के साथ रहें।

13 नवम्बर, 1902

उपसंहार

मृणालिनी देवी को चिकित्सा के लिए 12 सितम्बर, 1902 (1309 की भाद्र वार 27) को कलकत्ता लाया गया।

उनको जोड़ासाँको में रवीन्द्रनाथ की लालबाड़ी के दूसरे तल पर एक कमरे में रखा गया। उस घर में बिजली का कोई पंखा नहीं था।

ऐसा लगता है कि इस लालबाड़ी के उसी कमरे में उन्होंने कलकत्ता आने के दूसरे दिन, 13 सितम्बर को, अपनी आत्मजीवनी लिखना समाप्त किया। मृत्यु के दो महीने पहले।

बेहोशी की अवस्था में मृणालिनी बार-बार कहती थीं, मुझे वे कहते हैं कि सो जाओ, सो जाओ। शमी को शान्तिनिकेतन छोड़ आए। इतने छोटे से बच्चे को छोड़कर क्या मैं सो सकती हूँ? यह नहीं समझते?

मृणालिनी की स्थिति आशंकाजनक हुई 17 नवम्बर को। मृत्यु के एक दिन पहले उन्होंने अन्तिम बार बड़े लड़के रथी को देखा।

यह बात रथीन्द्रनाथ की 'स्मृति कथा' में इस प्रकार है—

'माँ की मृत्यु के एक दिन पहले बाबा मुझे उनके कमरे में ले गए और शैया के पास उनके निकट बैठने को कहा। तब उनकी वाणी अवरुद्ध हो गई थी। मुझे देखकर केवल आँखों से चुपचाप अश्रुधारा बहने लगी। माँ से मेरी वही अन्तिम भेंट थी।'

23 नवम्बर, 1902 को जोड़ासाँको की बाड़ी में मृणालिनी के जीवन का अवसान हुआ। दो महीने ग्यारह दिन उन्हें कलकत्ता में मृत्युशैया की यंत्रणा भोगनी पड़ी।

रथीन्द्रनाथ ने माँ के मृत्यु-दिन की बात लिखी है—

'हम लोगों, सभी भाई-बहनों को उस रात बाबा ने पुरानी बाड़ी के तीसरे तल पर सोने के लिए भेज दिया। एक अनिर्दिष्ट आशंका के बीच हमारी सारी रात जागकर कट गई। भोर वेला मुँहअँधेरे बरामदे में जाकर लालबाड़ी की ओर एकटक देखता रहा। पूरी बाड़ी अन्धकार से ढकी थी, निस्तब्ध, सुनसान कोई आवाज नहीं थी वहाँ। हम लोग तभी समझ गए हमारी माँ अब नहीं हैं। उन्हें ले जाया गया है।'

मृणालिनी की देह को उसी रात श्मशान ले जाया गया। लड़के-लड़कियाँ किसी को पता भी नहीं चला कि कब। जाने से पहले मृणालिनी अन्तिम बार शमी को देख नहीं पाई।

रवीन्द्रनाथ ने पुत्र रथीन्द्रनाथ को श्मशान जाकर मुखाग्नि देने के लिए, नहीं जाने दिया।

रवीन्द्रनाथ स्वयं भी श्मशान नहीं गए।

एकदम झुक-झुक करके मृणालिनी की अन्त्येष्टि पूरी हुई। कुल खर्चा 28 रुपया, 2 पैसा।

उसी दिन सुबह रवीन्द्रनाथ ने रथी को बुला भेजा। मृणालिनी की पहनी हुई चप्पलों की जोड़ी को उन्हें देते हुए बोले, "रख लो, तुम्हें देता हूँ।"

ठीक दूसरे दिन से ही रवीन्द्रनाथ ने पत्नी के निमित्त अपने काव्यग्रन्थ 'स्मरण' की कविताओं को लिखना शुरू किया—प्रतिदिन दो-एक करके।

सत्ताईस कविताओं का संग्रह 'स्मरण' लेकर अगले वर्ष प्रकाशित हुआ। मोहितचन्द्र सेन के सम्पादकत्व में, रवीन्द्र काव्यग्रन्थ के छठे भाग में।

स्वतंत्र काव्यग्रन्थ के रूप में 'स्मरण' का प्रकाशन हुआ 25 मई, 1914 को, मृणालिनी की मृत्यु के बारह वर्ष बाद।

इसके समर्पण पृष्ठ पर कोई नाम नहीं है।

केवल एक तारीख है।

7 अग्रहायन (अगहन), 1309।

मृणालिनी का प्रयाण दिवस।

✪✪✪